FF ZNN¿

Colofon

ISBN: 978 90 8954 315 8
1e druk 2011
© 2011 Marja Kema
www.marjakema.nl

Exemplaren zijn te bestellen via de boekhandel
of rechtstreeks bij de uitgeverij:
Uitgeverij Elikser B.V.
Ossekop 4
8911 LE Leeuwarden
Postbus 2532
8901 AA Leeuwarden
Telefoon: 058-2894857
www.elikser.nl

Vormgeving omslag en binnenwerk: Evelien Veenstra

FF ZNN¿

Marja Kema

1

Wie dit leest is ontzettend lief, schreef Sanne. De uitdaging zat 'm in het schrijven met haar linkerhand, het krijtje piepte akelig.

'Oeh, kippenvel, kippenvel,' riep ze. Het bord op Hannah's slaapkamerdeur inspireerde haar voortdurend tot grote gedachten en versleten uitdrukkingen. 'Houd jij m'n oren even dicht, Hannah? O, nee, wacht.'

Aan de andere kant van Sannes liefdesverklaring klonk opeens gegiechel, een lagere stem en voetstappen die zich verwijderden.

'Hé, je broer is thuis,' stelde Sanne vast. 'Met wie praat hij daar zo gezellig?'

'Ja-aa, wie zou dat nu zijn?' zei Hannah met een lange uithaal. Ze lachte geheimzinnig.

'Toe, zeg het nou. Wie is er bij Nick?'

'Eigenlijk top secret, maar oké: het enige blije wezen met borsten over wie hij niets bij mij kwijt wil.'

Sanne tekende een bloedend hart. 'Doe niet zo cryptisch.'

Nadat beneden de voordeur was dichtgevallen en Sanne een heldere lach in de tuin hoorde, kon ze haar nieuwsgierigheid niet langer bedwingen.

'Ik moet weten met wie je broer zo'n plezier heeft.' Sanne kroop over Hannah's bed naar het raam en gluurde naar buiten.

'Hé, is dat niet Tamara?'

'Helemaal. Romantisch, hè.'

'Die heb ik een tijd niet gezien, maar Nick gaat toch met...?' Sanne maakte haar zin niet eens meer af toen ze de uitdrukking op Hannah's gezicht zag. 'O, dat is alweer gecrasht?'

'Zoals gewoonlijk.'

'Tamara ziet er leuk uit.' Achter het raam op Hannah's slaapkamer konden ze de ontwikkelingen in de tuin uitstekend volgen. 'Hebben ze een date of een afspraak?'

'Ze gaan samen uit eten.'

'Wauw. Doen ze dat vaak?'

'Drie keer per jaar, op z'n hoogst. Maar zonder toetje, dat ziet zelfs een blind paard. If you know what I mean.'

'How sneu. Ze hebben vette lol met elkaar. Vroeger ook al. Ging zij niet met eh? Iets met een *D*.'

'Dolf. Nog steeds.'

Opnieuw lachte Tamara. Het had iets aanstekelijks. Nick stond breed te grijnzen en ook Sanne en Hannah deden mee zonder te weten wat er zo leuk was.

'Ik begrijp niet wat ze aan hem vindt,' zuchtte Sanne even later.

'Aan Nick?'

'Nee, je broer is cool. Aan Dolf.'

'Misschien is hij een beest in bed,' grinnikte Hannah. 'Dolfje Weerwolfje.'

'Echt niet,' onderbrak Sanne. 'Hij zag er op school al fout uit, helemaal niet spannend. Die verandert niet bij volle maan.' Ze boog wat naar voren en knikte met een peinzende uitdrukking in haar ogen.

'Ja-aa, kijk eens, zie je dat? Je broer is op háár!' Sannes stem schoot uit. 'Moet je op zijn gezicht letten. Hoe die naar haar kijkt! Zie je dat?'

Ze stootte Hannah aan. 'Nick kan bijna niet stil blijven staan. Zie je die armbewegingen? Net alsof hij iets anders wil doen, maar dan wrijft hij weer over z'n wang of...'

'Dat doet hij altijd.'

'Hij doet het altijd bij háár, bedoel je. Daar gaan die handen weer in z'n zakken. Kijk, krabt-ie alweer op z'n hoofd. Zo ken ik hem niet. Nick is nooit zenuwachtig.'

'Nee, maar...'

'En hij heeft geen luizen. Dus?!'

'Ze hebben *never* iets gehad.'

'Precies. Zij is bij Mister Saai en Nick is al die jaren verliefd op haar. Daarom raken die verkeringen van hem steeds uit. Tamara is gewoon zijn Grote Liefde. Goh, wat een drama.' Sanne werd er enthousiast van.

'Stel je even voor: je valt totaal voor hem, of haar in dit geval, maar dat krijg je te laat in de gaten en dan gaat het helemaal mis. Dan is iemand anders je voor en ben je te laat om...'

'Jezus, ben je psycholoog of zo?' snauwde Hannah opeens, ze draaide zich geïrriteerd om en viel op haar bed neer.

'Nee, dat niet, want dan zou ik me afvragen waarom jij plotseling zo pissig doet,' zei Sanne onverstoorbaar. 'En bovendien denk ik dat Tamara ook wel meer dan een beetje op Nick is. Zie, raakt ze hem alweer even aan. Ze bloost, kijkt soms weg en ze vindt hem erg grappig. Duidelijk dezelfde golflengte, dat is belangrijk.'

'O god.'

'Ja, met humor overleef je alles, en wie blijft er nu bij z'n eerste vriendje? Niemand toch.'

'Weet die van jou dat al?'

'Niet nodig.'

'O, nee, hij is je tweede. Bij nummer een droeg je nog luiers, dus je spreekt uit ervaring,' zei Hannah kattig.

'Is er iets?'

'Niets. Wat zou er moeten zijn?'

'Je bent zo...' Sanne kreeg een hoestbui. 'Jakkes, ik vrees dat het een griepje wordt. Gisteren was ik misselijk en vandaag voel ik me een slappe hap. Sorry, ik ga vanavond toch maar vroeg naar bed. Die dvd kom ik een andere keer kijken, oké?'

'Tuurlijk, is niet erg. Kasja kan ook niet.' Hannah stond op. 'En eigenlijk moet ik m'n verslagen afmaken. Ik heb maar een week uitstel gekregen en die is bijna om.'

Sanne trok langzaam haar jas aan. Ze leek te aarzelen. 'Gaat het wel goed met jou?' vroeg ze ten slotte.

'Natuurlijk, je kent me toch.'

'Daarom juist,' mompelde ze. 'Werkstukken zijn voor jou een eitje. Je hebt nooit eerder een deadline gemist. Deze keer had je zelfs een vijf voor wiskunde. Je haalt altijd achten en negens. Je bent de leukste professor in mijn leven, maar de laatste tijd ben je...'

'Wat?'

'Niet bíj ons. Ik weet 't niet.' Sanne haalde haar schouders op. 'Je hoort soms niet eens wat Kasja en ik tegen je zeggen.' Ze waren al jaren vriendinnen en niet eerder leek Hannah zo in een eigen wereld te leven als de afgelopen maanden.

'Er is niets. Echt niet.' Hannah probeerde het overtuigend te laten klinken en glimlachte, maar Sanne keek haar zo onderzoekend aan dat ze bloosde. 'Het is alweer oké, heus, en wiskunde ga ik herkansen. Dat wordt een vette negen. Ik had opeens ontzettend de balen van school. Gewoon een dipje.'

'Een dipje,' herhaalde Sanne. Ze zag er bijna wat teleurgesteld uit. 'Nou, fijn dat het over is.'

'Ja.'

'We dachten...'

'Wat?'

'Kasja dacht dat je verliefd was.'

'Verliefd?' zei Hannah schaapachtig. Haar mond trok wat nerveus. 'Ik?'

'Heftig in love! Ik dacht het ook.'

'Op wie?'

'Ja, hoe moeten wij dat nu weten. Jij vertelt ons niets meer.'

Hannah staarde naar de grond en zuchtte diep.

'Er zitten helemaal geen coole jongens bij mij in de klas. Allemaal van die nerds, doodsaai, die hoef ik niet,' zei ze uit de grond van haar hart. 'Ik ben hartstikke blij dat we tenminste nog een paar lessen samen hebben. Ik had een ander profiel moeten kiezen, ik mis jou en Kasja gewoon.'

'Oh, stakker.' Sanne smolt en sloeg haar armen om Hannah heen. 'Gelukkig zien we elkaar bij Engels en in de pauzes. Volgend jaar mixen ze alle klassen opnieuw en zitten we misschien vaker bij elkaar.'

'Ik hoop het maar.' Ze liepen naar beneden. 'Wil je nog iets drinken? Eten?'

'Geen trek. Als ik teveel eet word ik beroerd.' Sanne hoestte alweer.

'Dat klinkt niet goed.'

'Gisteren moest ik zelfs kotsen en daar houd ik niet van. Misschien ben ik zwanger,' zei ze vrolijk.

'Wat???' Hannah werd vuurrood en keek geschrokken naar haar vriendin. Sanne schoot in de lach.

'Geintje natuurlijk. Wie wil er nou een brulboei in poepluiers op z'n zestiende?! Dank je de koekoek. Ik krijg de griep, zul je zien. Juist als het gaat vriezen blijft er een virus aan mij plakken. Straks mis ik de ijspret.'

'Arme ziel,' zei Hannah medelijdend.

'Ik vreet vitamines, maar of het helpt? Ik kan wat virussen jouw kant opsturen als je behoefte hebt aan een vrije ik-voel-me-niet-zo-lekker-dag.'

'Een paar dagen ziek zonder school is geen ramp, dat kan heel welkom zijn als ik m'n spullen niet afkrijg.'

'Werk ze.' Sanne rammelde met haar sleutels. 'Nu ben je lekker alleen thuis vanavond. Tof. Nou, ik ga, doei doei.'

'Doei, rust maar goed uit. Zie je er morgen weer stralend uit.'

Hannah sloot de deur en rende gelijk terug naar boven, rechtstreeks naar de zolder. Ze had een prima idee gekregen. Het thema voor haar werkstuk had Nick voorgesteld en daarom bedacht Hannah dat hij het onderwerp misschien zelf eens voor een opdracht had gekozen. In dat geval zou haar werkstuk een makkie worden. Ze rommelde in een paar dozen met blauwe stickers waarop in grote letters NICK stond geschreven. Ze zaten vol met losse vellen papier, schriften en mappen.

Op de middelbare had hij Hannah regelmatig stukken voorgelezen uit zijn eigen verslagen. Nick liet in die tijd vaak merken hoeveel hij van iets afwist en luisteren naar een encyclopedie was niet bepaald Hannah's favoriete bezigheid. Maar omdat een slimme broer tijd uitspaarde bij de ladingen huiswerk die ze had moeten maken, strooide ze op dat soort momenten geduldig met de nodige complimenten. Nick was simpel te lijmen.

Halverwege de tweede doos las Hannah een bekende titel: *"De waarde van schoonheid..."*

'Ha, hebbes!' Ze hield de snelhechter in haar handen en drukte die dankbaar tegen zich aan.

'Dankjewel,' mompelde Hannah. Voor één keer was ze hartstikke blij dat haar moeder hen al die oude troep op zolder liet bewaren. Fluitend liep ze naar haar kamer.

Ze plofte achter haar bureau neer. Nu moest ze alleen nog het boekverslag regelen, dat moest lukken. Een paar maanden geleden had ze van Kasja's broer een boek geleend. Jesse had er heel enthousiast over verteld, maar aan lezen was Hannah nauwelijks toegekomen. Ze mocht vast wel zijn literatuurmap met alle gegevens gebruiken, dan zou ze hier en daar gewoon wat veranderen. Jesse was altijd makkelijk in die dingen. Haar vingers ratelden al over de toetsen voor het mailtje. Met een diepe zucht drukte ze op *verzenden*.

Hannah voelde zich enorm opgelucht. De laatste weken mislukten al haar planningen en het was juist zo druk op school. Ze kon haar aandacht er niet bij houden.

Vijf dagen had ze over die wiskundehoofdstukken gedaan! Die bekeek ze anders zingend met één cd'tje. Haar cijfers waren lager dan ooit, terwijl ze uren achter haar bureau zat. Ze was telkens aan het wegdromen. Maar nu zou ze alles halen en hoefde ze niet eens de hele avond te leren.

Hannah zette een nieuw muziekje op en staarde uit het raam. Haar vriendinnen hadden dus iets gemerkt van al die dromerijen en dat was niet de bedoeling. Maar die smoes had Sanne geslikt, dacht ze, het was tenslotte niet helemaal gelogen, behalve...

Zou ze hem bellen? Hannah glimlachte en voelde de spanning al kriebelen. Ze zou immers de hele avond alleen zijn. Er was tijd genoeg om samen een dvd te kijken! Best gezellig. Ze zocht haar mobiel.

'Hoi hoi, met mij.'

'Hannah!' Met zijn stem kwamen de vleugeltjes. Hij luisterde naar haar enthousiaste voorstel.

'Oké. Vanavond kan ik. Eh... half acht, zei je toch?'

'Je mag alleen komen als je het héél héél leuk vindt.' Ze trapte niet in dat nonchalante toontje van hem en hij lachte.

'Pestkop, ik vind het altijd héél héél leuk bij jou.'

In december was er iets veranderd tussen hen. Ze voelde het zo duidelijk. In de kerstvakantie hadden ze elkaar vanuit het buitenland voortdurend sms'jes gestuurd. Januari kon niet snel genoeg komen en voor de eerste keer speet het Hannah niet dat ze weer naar huis moest. Enkele uren nadat ze op Schiphol was geland zag ze hem al. Hij had direct naar haar gebeld: 'Kun je bij me langskomen? Dat is veel beter dan msn'en.'

Hannah stond nog met haar mobiel in de hand en keek naar de verlaten tuin. Er stonden voetafdrukken in de sneeuw. Wie weet had Sanne gelijk en liep Nick al jaren met een geheime liefde rond.

'En ik dan?' fluisterde ze.

Al die gevoelens slingerden haar heen en weer en daarover kon ze niet met haar vriendinnen praten. Dat ging niet, en tegen hem zei ze er ook niets over. Ze deed alsof het tussen hen alleen om die speciale en spannende afspraakjes ging. Momenten waar niemand iets van wist. Hannah zuchtte opeens. Een diepe zucht. Ze wilde er liever niet over nadenken, maar de woorden borrelden plotseling naar boven: ik voel me onzeker.

Nu ging het super tussen hen, maar misschien was 't toch beter om alles terug te draaien, dacht ze voor de honderdste keer. Gewoon stoppen voordat ze hopeloos verliefd werden en de ellende begon, want haar verkeringen strandden immers altijd.

Dan kreeg je een hoop gezeik en jaloers gedrag voor je kiezen. Daar waren jongens zeker zo goed in als meisjes! Naderhand kraakten ze je alleen op een andere manier af. Dát vervelende gedoe wilde Hannah vermijden. Nu helemaal! Er mochten geen andere vriendschappen door sneuvelen.

Ze keek naar de foto boven haar bureau waarop ze met z'n allen stonden. Iedereen trok maffe bekken, hij ook. Ze hadden een hoop plezier gehad die dag. Hannah nam de foto van het haakje en onwillekeurig glimlachte ze tegen hem. Ze raakte hem aan en haar hele wezen verzachtte zonder dat ze het merkte. Hannah droomde al, ze wist het nog precies.

Het was stralend weer geweest op de dag van hun fietstocht. In het bos hing de geur van droge takken, die knapten onder je voeten, en stoffig zand...

2

… Met z'n zessen waren ze richting Borger gefietst en hadden de borden *Boomkroonpad* gevolgd. Op het internet had Hannah ontdekt dat er een loopbrug dwars door de toppen van de bomen was gebouwd. Voor een paar euro kon je naar boven klimmen en ertussendoor wandelen. Dat was erg romantisch, zelfs zonder vriendje! Want haar laatste grote vergissing, een bij nader inzien erg kleffe aanbidder, had ze gedumpt. Daarom was Kasja's broer opgetrommeld. Vandaag was Hannah dus min of meer op Jesse aangewezen, want Sanne en Kasja fietsten de meeste tijd naast hun vriendje. Het stoorde Hannah in het geheel niet. Ze wist nauwelijks dat er een tijd had bestaan waarin ze Jesse niet kende en dit feit zorgde ervoor dat ze hem met evenveel enthousiasme plaagde als haar eigen broers.

De ingang naar het *Boomkroonpad* bevond zich in een heuveltje.

'We duiken de onderwereld in,' zei Hannah. 'Als de boel instort zijn we levend begraven. Stel je even voor!'

'Jij altijd met je duistere ideeën,' mopperde Sanne goedmoedig. 'Patholoog moet wel een droomberoep voor jou zijn.'

'O, yes, reken maar,' grinnikte Hannah. 'Allemaal blote mannen op mijn tafel, en ze protesteren niet eens als je met een mes in ze peutert.'

'Hannah!' klonk het vol afgrijzen van verschillende kanten.

Ze verdwenen onder de grond en bereikten via een donkere gang een bijna ronde ruimte met UV-lampen. Alle witte en roze kledingstukken lichtten er fel op, wat de nodige spannende ontboezemingen onder een T-shirt opleverde. Vooral in de zomer met zijn lichte kleuren.

'Wauw, Hannah, je maakt me helemaal blij. Ik zie twee handen vol en met rode roosjes,' fluisterde Jesse in haar oor, het klonk erg tevreden. Tegen Hannah kon hij zoiets zeggen, die kon tegen een stootje. Ze begon niet direct te zeuren over 'vrouwonvriendelijke opmerkingen', zoals de meeste meisjes in zijn klas.

'Stiekem gluren, hè, naar andermans eigendommen,' grijnsde ze dan ook. Ze sloeg haar armen demonstratief voor haar borst langs en gaf hem een zet met haar elleboog. 'Ga jij maar vóór mij lopen, anders hou je het niet meer.'

In het midden van het vertrek bevond zich de wenteltrap die naar het bijzondere boompad leidde. Terwijl ze hoog tussen de boomkronen liepen, voelde Hannah de trilling van de loopbrug. Ze werd er lacherig van.

'Hoera, ik wals in de wolken,' riep ze, terwijl ze zwierige danspassen maakte. 'Ik ben een engeltje en ik vlieg naar de zevende hemel.'

'Pas maar op dat je niet naar beneden dondert,' zei Jesse hoofdschuddend. 'Straks ben je een gevallen engel, met gebroken vleugeltjes.'

Na die woorden kon Hannah het niet nalaten voor zijn voeten te lopen. Ze fladderde breed glimlachend om hem heen, al was er nauwelijks ruimte.

'Ik ben een lief kerstengeltje, daar moet je niet zo gemeen tegen doen, Jesse.'

'Schattig. Dan hang ik je in de eerste de beste den die we tegenkomen,' beloofde hij grinnikend. 'Kun je helemaal tot je recht komen, Hannah. En je staat alwéér op m'n tenen. Elegant is anders.'

Aan het einde van de brug was een ruim platform met trappen. Hannah liep voorop, want ze was benieuwd naar het uitzicht. Op het allerhoogste punt stonden ze allemaal stil. Bij de toppen van de bomen. Na een tijdje werd het rustiger om hen heen.

'Gewoon een kwestie van de langste adem,' zei Jesse, die al geïrriteerde blikken in de richting van een non-stop brullend kind had geworpen. Samen met Hannah bekeek hij het foldertje van het *Nije Hemelriek*, een natuurbad waar ze straks naartoe wilden. Het Hemelriek lag heel verrassend midden in het bos. Op een paar kilometer afstand van het Boomkroonpad. De folder stelde echter weinig voor.

'Kijk eens.' Jesse tikte Michail op z'n arm. Hij was het vriendje van Kasja. 'Deze levensverrijkende info willen jullie vast niet missen.'

Sanne en Jonas hoorden het niet eens. Die waren helemaal tot over hun oren en volgens Jesse wisten ze dat pas sinds gisteren van elkaar. Aan het einde van de ochtend hadden ze een romantisch afspraakje gehad. Zelfs Hannah was nog niet volledig op de hoogte gebracht. Ze vermoedde daarom dat Jesse weer eens een geheim gesprekje tussen Kasja en Sanne had opgevangen. Dat gebeurde met grote regelmaat. 'Toevallig' natuurlijk.

Het kersverse paar leek te lijden aan een niet te onderdrukken behoefte om elkaar onophoudelijk aan te raken. De ik-vind-je-zo-lief-aaitjes, de hand-in-handjes, de gauw-nogzoentjes vlogen je om de oren. Al die aanhaligheid verbaasde Hannah. Helemaal van Sanne, die was tot gisteren altijd een koele kikker geweest.

Hannah zelf was meer een expert in korte en beduidend minder heftige hartstocht en was blij dat de twee achteraan hadden gereden tijdens hun fietstocht. Nu hoefde ze tenminste niet voortdurend die verliefde blikken te zien. Hannah schudde verbaasd haar hoofd. Ook midden tussen de boomtoppen leek er niemand anders te bestaan.

'Het spat ervan af,' fluisterde ze tegen Jesse. 'Die zuigkracht is me bij Kasja en Michail gelukkig bespaard gebleven. Zodra we stil staan, krijgt Sanne een zoen. Daarna krijgt Jonas er een van haar en dan weten ze niet wie de laatste mag geven. Wat schattig toch.'

'Dat is geen zoen, Hannaatje, dat is een kus,' corrigeerde Jesse.

'Zo zo, hoor ik hier een kenner spreken? Een zoen, een kus...,' reageerde ze nonchalant. 'What's the difference?!'

'Voorbeeld: als jij een zoen van mij krijgt, dan weet je zonder twijfel dat het je verjaardag is.'

'So what?'

'Als jij daarentegen een kus van mij krijgt,' plaagde Jesse grijnzend, 'dan *voel* je dat je nooit meer wilt ophouden.'

'Aandoenlijk, wat jammer nou dat die woorden nimmer bewezen zullen worden,' zei Hannah spottend. Maar ze kon hem niet aankijken na de bliksemflits die ze tot haar eigen verwondering in haar lijf had gevoeld.

Om zich een houding te geven liep ze naar een van de kijkers en gooide er een munt in. Ze tuurde over de omgeving.

'Je houdt het niet voor mogelijk,' zei ze. 'Ik zie bos, bos en nog eens bos. Enerverend, zeg. Helemaal te whoopy.'

'Laat mij eens.' Jesse probeerde haar weg te duwen.

'Hé, kappen.' Hannah had zichzelf weer onder controle en vond het veel te leuk om tegen te stribbelen. 'Niet doen.'

'Laat mij nu even, akelig kind. Time is money, you know.' Jesse tilde haar gewoon achter de kijker vandaan.

Ze liet hem maar en keek naar boven. Zo oneindig blauw, dacht ze dromerig. De lucht was vrijwel wolkeloos en de verte vormde een heiige grijsblauwe streep. Licht en schaduw bewogen tussen de bomen. Vleugels zou ze moeten hebben.

'Het leven ruist om ons heen,' zei Hannah poëtisch. 'Bladeren in alle kleuren groen en het gebarsten hout van de omheining onder je handen.'

'Blaat... Je klinkt als een dichter met lang haar en een pijp.'

'Moet je horen wie 't zegt!' kaatste ze terug, want doorgaans was het Jesse die het nodig vond om hen met dramatische volzinnen lastig te vallen. Hannah wierp een blik op haar horloge. Het werd echt tijd voor wat variatie. Die verliefde vriendinnen leken hier tot sint-juttemis te willen staan, maar zij had weer genoeg rust en kalmte ingeslikt.

'Zullen we gaan? Die bomenzee geloof ik nu wel. Laten we maar eens lekker op het Hemelriekestrand gaan stoeien.'

'Je laat me schrikken, Hannah,' reageerde Jesse gelijk. 'Je gaat je toch niet aan mij vergrijpen?'

'Wees gerust, wij doen alsof.'

'Dat is een pak van mijn hart,' zei hij met een theatrale armbeweging.

'Wie het eerst beneden is,' riep Hannah, en schoot voor hem langs naar de trap.

3

Op het strand strekte Hannah zich tevreden uit op haar grote zachte handdoek. Het was een heerlijke dag en een leuk voorproefje van het volgende uitstapje. Over een paar dagen zou ze met haar vriendinnen kamperen. Hannah had er enorm veel zin in. Ze was blijkbaar niet de enige die eraan dacht.

'Zalig hier,' zei Kasja opgewekt. 'En straks zijn we bijna een hele wéék zonder ouders. Onze vakantie kan dus niet mislukken. Ik heb al wat lekkers gekocht.'

'O, en ik heb gereserveerd,' deelde Sanne mee. Ze zwaaide naar de jongens, die gelijk de koelte van het water hadden opgezocht. 'Al was het niet echt nodig. Er is plaats genoeg.'

'Prachtig. Mijn moeder brengt onze spullen en Nick haalt die weer op. Dus de rest van de organisatie kan ik met een gerust geweten aan jullie uitbesteden,' vond Hannah. 'Ik ben alleen nog maar lui. Hopelijk hebben we niet ál te veel ruimte op die camping. Er moeten natuurlijk een paar leuke tenten staan.'

'Hannah's hartje is weer helemaal vrij,' plaagde Kasja.

'Ik dacht dat je 't even voor gezien hield,' meende Sanne. 'Vooral na Bolletje.'

'Tja, het Bolletje,' zuchtte Hannah, voor haar Grote Liefdes bedacht ze altijd spontaan een bijnaam. 'Hoe zal ik dat noemen?'

'Foutje,' riep Sanne.

'Helemaal. Elke dag een lawine van troetel-sms'jes: liefje, schatje, beertje, engeltje, popje, lieveling, mijn bijtje, honnepon en de rest heb ik gelukkig kunnen verdringen. Zo week heb ik ze niet eerder meegemaakt, brr.'

'De kortste liefde sinds jaren,' grinnikte Kasja en Hannah giechelde.

'Je zegt het! Valt hij toch in de prijzen. Met Bolletje heb ik mijn record verbroken.'

'Kom, we gaan spetteren. Actie, meiden. Oh-oh, die kilometers voel ik overal.' Sanne stond kreunend op. 'Blikken billen en stijve benen.'

'Voorlopig beweeg ik mij niet,' zei Hannah, terwijl ze troostend met haar ene hand over Sannes voet aaide en met de andere haar boek pakte. 'Gaan jullie maar.'

Hannah draaide op haar buik en zuchtte vergenoegd. Ze zou toch nog even wachten met lezen. Die warmte was lekker om bij weg te dromen.

Waarschijnlijk moet ik later gewoon naar het zuiden verhuizen om een echt gelukkig mens te worden, dacht ze. In de zon krijg ik altijd zo'n tevreden gevoel. Hannah gleed weg in beelden van azuurblauwe zeeën met witte stranden.

Er drupte iets op haar rug en met een sloom gebaar streek ze eroverheen. Het bleef druppen. Met tegenzin opende Hannah haar ogen.

'Jesse! Pestkop.' Ze greep naar zijn benen. Hij wankelde en kon amper blijven staan. 'Stort niet boven op me. Straks breek je m'n ribben nog.'

Jesse liet zich naast haar op het grote badlaken neervallen.

'Tja, over je reactievermogen heb ik niet te klagen, maar je ligt hier weer te roosteren. Je leert het nooit, Hannah. Later word je zo'n vrouwtje met een huid als gebarsten leer.'

'Ten eerste word ik nooit een vrouw*tje*,' antwoordde ze opstandig, 'ten tweede blijft mijn velletje altijd zo zacht als zijde en ten derde heb ik mij van top tot teen ingesmeerd met factor duizend.'

'Je rug ook al? Ik sta graag tot je dienst.'

'Doe even fris, zeg.'

Jesse grijnsde, pakte z'n eigen handdoek en veegde de dikste druppels van zijn lijf.

'Moet jij niet zwemmen?' Zijn haar stond alle kanten op, nadat hij weinig zachtzinnig door zijn kuif had gerost.

'Nee, ik heb een pauze ingelast,' zei Hannah tevreden. 'Zwemmen is beweging.'

'Het is ook niet te harden bij dat stel tortelduiven, dat moet ik toegeven. Vijf minuten in hun gezelschap en een mens is hard aan een verfrissende uitdaging toe.'

'Nu heb je mij gevonden. Dat is ook niet slecht.'

'Ideaal, een vrouw die niet aan je kop zeurt.' Jesse duwde deemoedig zijn hoofd tegen haar bovenarm. 'Ik weet al wat je gaat vragen en het antwoord is ja.' Hannah's ogen begonnen te glimmen.

'Was je het slachtoffer of de handelende partij?'

'Nummer twee, maar met de juiste tact,' zei Jesse zonder valse bescheidenheid. 'Tenslotte waren we al zo'n half jaar bij elkaar. Dan begin je voorzichtig met de rampzalige mededeling.'

'Waarom, als ik vragen mag?' Hannah was dol op dergelijke nieuwtjes.

'Het is een diep gekoesterd geheim, Hannaatje. Kan ik dat wel aan jou toevertrouwen?'

'Tuurlijk,' riep ze en haar hart begon al wat sneller te kloppen van de spanning.

'Dan zal ik je precies vertellen waarom.' Hij boog zich naar Hannah toe en fluisterde in haar oor: 'Daarom.'

Bij het zien van haar teleurgestelde gezicht begon Jesse te lachen.

'Flauwerd.' Ze gaf hem een duw. 'Ik roddel daar heus niet over, hoor.'

'Nee, ik ook niet. Wij hebben nu eenmaal een boel gemeenschappelijk, Hannah. We liggen hier zonder bezitterige wederhelften en zijn beiden lui. Stel je even voor, we kennen elkaar al tien jaar? Nee, nog langer zelfs. Je was een aantrekkelijke verschijning toen je in mijn leven kwam: je had geen voortanden.'

'Ha, ha.' Hannah trok een gezicht.

'Ze weet het nog!' Jesse gaf een tikje op haar billen. 'Misschien zijn wíj voor elkaar bestemd.'

'Zo hoog is de nood nou ook weer niet.'

'Nee, dat is waar. Laten we het leuk houden,' stemde hij in, en rommelde tussen z'n spullen. 'Ik heb ergens een cryptogram en een blikje Ice Tea.'

'Lemon? Top. Dan doe ik mee met allebei. Ik heb een pen.'

'Wie het eerst op tien zit. Deze keer win ik.'

'*No way*! Ik,' zei Hannah vastberaden. 'Wedje maken?'

'Bioscoopje?'

'*Deal.*'

'Weet waar je aan begint,' waarschuwde Jesse. 'Je hebt dit jaar al drie keer van me verloren en vandaag ben ik geweldig in vorm. Die kaartjes heb jij betaald nog voor jullie dat tentje van jou opslaan. Kijk, nummer twee is al voor mij. Officieel document in beweging: danspas.'

Nadat Jesse de letters had ingevuld, tikte hij Hannah met de pen op haar neus.

'Ik verwacht binnenkort natuurlijk de uitnodiging voor het kampvuur. Met wijn en speenvarken.'

'Hé, idee!' Ze gaf een enthousiaste stomp tegen zijn arm. 'Dat mag op die camping.'

'Dat speenvarken? Ook geen dierenvriend, die campingbaas.'

'We maken een kampvuur op de laatste avond,' bedacht Hannah. 'Toegankelijk voor extreem gave gozers, vanzelfsprekend, zoals Michail en Jonas. O ja, en voor jou maken we een uitzondering.'

'Grapjes zijn leuk, maar sommige uitspraken gaan te ver,' zei Jesse quasi aangeslagen. 'Daarmee trap je iemand op zijn ziel.'

'Bullebak.'

'Ik bedoel maar. Geen kruid tegen gewassen.'

'Nummer elf, schatje. Het is 1-1, lekker puh! En nummer zeven ligt al op het puntje van mijn tong: giftige kunst.'

'Laat eens kijken,' zei Jesse en Hannah stak prompt haar tong naar hem uit.

'Inderdaad.' Hij grijnsde. 'Lang niet gek, die tong van jou. Als ik het goed heb gezien, ligt daar een vijfletterwoord... Cobra. Tonglezen is een vak apart.'

'Mijn woorden een beetje inpikken. Je bent gemeen,' pruilde ze, en kietelde hem in z'n zij.

Hij lachte. 'Niet van die handtastelijkheden, Hannah. Dan hou ik het niet meer, lieverd.'

'Lieverd,' herhaalde ze, met een gezicht alsof ze haar mond vol wormen had.

'Je leert het al.'

'Jij bent onmogelijk.' Hannah pakte hoofdschuddend het blikje Ice Tea en begon gulzig te drinken.

'Onmogelijk én onweerstaanbaar,' zei Jesse met een knip-
oog. 'Laten we eerlijk blijven. Maar niet onmenselijk, want
ik geef je nog een minuut voor nummer tien, voordat ik
zelf het woord invul.'
'Gereedschap voor een pijnlijke plek,' las Hannah hardop.
'Jeetje, tien letters.' Ze nam weer een slok.
'Ja, drink even mijn hele blikje leeg, zeg!' protesteerde
Jesse. 'Jij kunt ook geen maat houden.'
Ze kibbelden gezellig verder. Na een kwartier stond Jesse
nog steeds voor.
'Tijd voor een brainwash,' zei Hannah, en verborg een
geeuw achter haar handen. 'Ik neem een duik in het he-
melse rijkje en daarna halen we wat lekkers. Ga je mee?'
Op weg naar de frisdrank en de ijsjes greep ze opeens Jesses
shirt vast en ging schuin achter hem lopen.
'Wat zullen we nou krijgen?' zei hij verbaasd. 'Voor wie
verstop jij je?'
'Er zit daar iemand van school. Die hoef ik even niet te
zien.'
'Een van je exen? Misschien valt hij nog voor je.'
'Zou die me volgen?'
'Ach, Hannah.' Jesse schoot in de lach. 'Hij is aan het chil-
len met z'n pappie en mammie. Hij stalkt geen liefdesgodin-
nen. Aan dit plonsplasje stikt het van de happy families.'
'Hmm, je zult wel gelijk hebben.'
'Uiteraard.'
'Sta maar niet zo te grijnzen, ik vat 'm al.'
'Of zie jij die kunstzinnige kraai ook voor een stalker aan?'
ging Jesse door.
In een hoekje zat een oudere vrouw te tekenen. Hannah
herkende de zwarte kleren. Het moest de vrouw zijn die ze
bijna omver had gerend bij het Boomkroonpad, omdat ze

van Jesse wilde winnen. Mevrouw kraai legde haar potlood neer en keek op. Haar blik was strak op Hannah gericht.

'Zie, ze kijkt naar je,' fluisterde Jesse in haar oor. 'Rare ogen heeft ze, vet creepy. Pas maar op, straks betovert ze jou nog.'

'Oké, zo kan die wel, meneer.' Hannah gaf hem een por, maar hij hield niet op.

'Heksen bestaan, hoor. Straks slaap je honderd jaar en moet ik langskomen om je wakker te kussen en dan wil je natuurlijk dat ik je...' De tweede por was minder zachtzinnig. 'Au, sadistisch kind.'

4

Samen kamperen was een van de beste besluiten die ze ooit hadden genomen, vond Hannah. Bijna de hele week was het prachtig weer geweest en ze was behoorlijk bijgebruind. Ze hadden een driepersoons kano gehuurd en daarmee had Kasja haar langverwachte eerste kanotocht gemaakt.

'En hoe voelde dat voor de eerste keer? Jij bent van ons drieën de kanomaagd. Was het goed?' vroeg Hannah kreunend. Er hadden geen 'leuke tenten' gestaan en ze moest haar romantische energie kwijt. 'Of viel het tegen? Ging het te snel of te langzaam? Was die groot genoeg?' Ze kreeg de slappe lach. 'Vertel.'

'Ik begon vol overgave, maar het duurde even voordat ik het juiste ritme te pakken had. Omhoog, omlaag, omhoog, omlaag. Het is een bepaalde slag die je in de vingers moet krijgen.'

'Vet veel oefenen in je vrije tijd. Dan ontstaat vanzelf het juiste handwerk,' grinnikte Sanne.

'Techníék en timing. Het is een kwestie van één zijn. Met iemand of met jezelf,' zei Hannah zwoel, terwijl ze zo met haar ogen rolde dat alleen het wit nog te zien was. Ze gierden erover.

'Laten we even keurig blijven, meisjes.' Kasja trok een braaf gezicht. 'Want dit klinkt naar iets waar je vroeger blind van werd, volgens Treesje.'

Treesje Mik was de geschiedenislerares en tot grote hilariteit van de klas had ze uitgelegd waarom je vroeger als goed christen met je handen boven de dekens moest slapen.

'Misschien kunnen we het trouwens weer doen met de jongens,' stelde Sanne voor. Er volgde een nieuwe brulpartij.

'Ik bedoel natuurlijk kanoën,' riep ze boven het geschater uit.

'Dat begrijpen wij, schatje, we doen hier niet aan groepsseks,' lachte Hannah. 'Daarom mogen ze ook blijven slapen. Met z'n allen in één tent, dat brengt een grote sociale controle met zich mee. Onze slimme ouders weten waar onze grenzen liggen.'

'Even zo goed heb ik het tussen de regels door nog te horen gekregen,' zei Kasja. 'In de trant van: we zeggen niks, maar denk er wel om. Omdat Michail erbij is, natuurlijk. Ouderwets gezeur.'

Hannah knikte meelevend. Zij was gespaard vanwege het feit dat Jesse mee zou komen en Jonas als een algemene vriend van alledrie werd beschouwd. Sannes ouders waren voor het gemak nog niet bijgepraat. Ze gingen echt niet hun eigen glazen ingooien.

'Je kunt HET overal doen,' zei Hannah, 'maar als je dan plotseling herenbezoek krijgt, wordt de oude generatie toch een beetje n-n-nerveus.'

'Ons kent ons,' was Sannes commentaar. 'Ooit waren veertigplussers ook verliefd. Hoewel, die associatie wil ik liever niet hebben.'

'Nee, bah,' zei Hannah hartgrondig. 'Je komt toch mensen tegen, waarbij je je echt niet wilt voorstellen dat ze het doen.

Bij het idee walg je al.'

'Het vervelende is,' begon Kasja met een grijns, 'dat je er dan al aan gedacht hebt,' vulde Hannah aan, en rilde vol afkeer. 'Ik heb een erg visualiserend brein en dat is met zoiets behoorlijk jakkie. Dan denk ik gauw aan Mijn Grote Liefde, die ik ooit ga tegenkomen.'

'Hoe ziet die eruit?' informeerde Sanne.

'Geen idee.' Hannah rekte zich behaaglijk uit. 'Ik krijg maar geen hoofd op dat geweldige lijf. Het blijft een verrassing.'

Elke dag hadden ze plezier gehad, gelachen en vreselijk melig kunnen doen. Ze hadden veel gefietst, gezwommen en een eind op het Wad gelopen. In het zuigende donkere slik, waarin je moeilijk vooruitkwam en wat dus garant stond voor schaterpartijen en uitglijers. Hannah had Sanne laten griezelen door op alle 'zeebeesten' te wijzen en met het slijmerige wier te gooien.

In een weiland stonden de meest bizarre schapen die ze ooit had gezien. De dieren waren in allerlei kleuren gespoten: blauwe, gestippelde en gestreepte vierpoters. Schapen met rode neusjes, met een groen plukje boven op hun kop en gele staarten.

'Kijk nou eens, blatende kunst,' lachte Hannah. Ze maakte foto's en kwam niet meer bij. 'Niet te geloven, een creatieve boer. Ik wil z'n koeien zien. Zou die de uiers geverfd hebben?'

Een eindje verder had een vrouw gezeten. Een zachtgrijze pashmina die aan nevel deed denken verborg haar hoofd en schouders. Naast haar stond een tafeltje met een indrukwekkende verfkist. De kunstenares leek onafgebroken haar penseel te bewegen en precies te weten wat ze wilde.

Kasja en Sanne waren er langsgelopen en een eindje verder op de dijk gaan liggen. Hannah bleef nieuwsgierig staan. Het was een vrij groot doek waaraan de vrouw werkte en het bestond voornamelijk uit lichte blauwe en witte vlakken. Die voorstelling vond Hannah veel minder indrukwekkend dan de doelgerichte bewegingen van de kunstenares.

'Zie je wat ik schilder?'

'De zee en de wolken,' antwoordde Hannah vol overtuiging, iets anders leek hier aan de Waddenzee gewoon onmogelijk.

'Het is een spel van lucht en water. Ik laat de elementen versmelten. De horizon bestaat niet, die maak je altijd zelf,' verduidelijkte de schilderes. 'Het is een verschuivende grens, een illusie.'

Ze liet haar penseel rusten en keek Hannah aan. Haar ogen waren zo bleek, dat die een rilling over haar rug voelde lopen. Hannah knikte en was blij dat Kasja en Sanne riepen. Ze wilde weg van deze plek.

'Prachtig,' zei ze gauw.

'Vergeet dat niet, meisje.'

Een slanke hand raakte Hannah aan. Hoewel nauwelijks voelbaar leek de aanraking een bijna dwingende kracht te bezitten.

'Nooit!' zei de vrouw zacht, maar zeer indringend.

Het was alsof Hannah zich los moest rukken van die bleke ogen. Op veilige afstand wierp ze nog een blik over haar schouder. De vrouw stond haar strak na te kijken, het penseel rechtop in haar hand. Was zij soms dezelfde die in zwarte kleren bij het Hemelriek had gezeten? Door Hannah's lichaam trok plotseling een kille onrust en ze kreeg er hartkloppingen van. Jesses woorden schoten haar te binnen: *straks betovert ze jou nog.* Kon zo'n toeval bestaan?

'Tuurlijk niet,' mompelde Hannah. Ze rende vlug naar haar vriendinnen…

'Vandaag is helaas onze laatste volle dag. Snik, snik,' zong Sanne. 'Morgen slapen we uit, pakken en vertrekken. Snik, snik.'

Ze liepen in het dorp om boodschappen te halen voor de gezellige kampvuuravond.

'We moeten dit de volgende zomer weer gaan doen. Zo'n weekje is tof,' zei Kasja. De andere twee vielen haar enthousiast bij.

'We kunnen dan naar een eiland of zo,' bedacht Hannah. 'Als ons kampvuur met de jongens vandaag leuk wordt, willen ze volgend jaar misschien wel mee.'

'Wauw! Dat is de eerste keer dat ik jou zover vooruit hoor denken in relaties,' merkte Sanne op.

'Ik word langzaamaan volwassen, vrouw,' zei Hannah met een zware stem en een uitgestreken gezicht. 'Maar je hebt helemaal gelijk: afwachten wie over twaalf maanden op nummer één staat. Als die maar onweerstaanbaar is en er lekker uitziet én super zoent én... Nou ja, zullen we maar een ijsje nemen?' ging ze met een zucht verder. 'Dan heb ik tenminste nu al iets om aan te likken.'

Met een vergenoegd gezicht liet ze even later het vanille-ijs smelten in haar mond.

'Je ziet er heel gelukkig uit,' glimlachte Kasja.

'Ben ik ook.' Hannah knikte stralend. 'Het is allemaal top en volgende week lig ik op de Griekse stranden. Mijn zomer kan niet meer stuk.'

Er klonk gefluit en ze draaiden zich om. Daar kwamen Jonas, Jesse en Michail, een uur eerder dan ze hadden afgesproken. Ze fietsten met losse handen en floten op hun vingers.

'Ha, onze jongens,' zei Hannah. 'Ik zie het al. Ik mag als laatste kiezen.'

Jesse dacht er blijkbaar net zo over. Hij stopte als derde, naast

Hannah. 'Zo, dame, je kijkt direct om als er gefloten wordt. Beken je zonden maar. Je hebt er de rest van de dag voor.'

'Ik weet niet of ik dat red,' zei Hannah. 'Wij zijn een succes op het platteland. De heren staan voor ons in de rij met dikke bossen Bintjes en verse boerenkool. Nou jij weer.'

'Je ziet er ook erg lekker uit met dat ijsje. Geef me eens een hap.' Jesse zat nog op z'n fiets en leunde op haar schouder.

'Als je maar wat voor me over laat.' Hannah hield hem goed in de gaten, want uit bittere ervaring wist ze hoe snel Jesse was met ijs. 'We wilden gaan kanoën, lijkt jullie dat wat? Stop.'

'Als je maar vóór mij gaat zitten, dan kan ik tenminste zien of je wat uitvoert.' Hij nam nog gauw een hap. 'Moeten we nog ver?'

'Nee, het is vlakbij. Mag ik bij je op de stang? Dat is jaren geleden.'

'Ik heb jou nooit vervoerd, troela. Voor wie zie je me aan?' mopperde Jesse vrolijk.

'Ik zat bij m'n vader, als klein deupie. Ja, mag ik?' Bij al dat gezoen van haar vriendinnen voelde Hannah zich heftig solo. Ze wilde wegvluchten. 'Wijs ik je de weg.'

'Kun je dan verdwalen in dit gat?'

'Wel tien keer.'

'Nou stap maar op.'

'Rechtdoor. Naar de camping,' zong ze.

'Mij een beetje laten zwoegen, zeg. Je hebt het maar weer goed voor elkaar,' zei Jesse.

Hannah's donkere haren kriebelden onder zijn neus en roken verrassend aangenaam. Een beetje zoetig, naar gras en klaver. Hij glimlachte.

'Volgende keer trap ik,' beloofde ze. 'Dan ga ik bij je achterop en hoef jij alleen maar te sturen. Doe ik het zware werk.'

'Ach, we zien wel,' mompelde Jesse, met een blik op Hannah's blote schouders en een veelbelovend topje. Het voelde helemaal niet verkeerd dat ze bij hem zat. 'Zo zwaar is het nou ook weer niet. Geef mij die laatste hap ijs maar, dan staan we quitte.'

'Tweede afslag links,' riep Hannah wat later, en stak overdreven haar hand uit. 'Daarna gelijk rechts.'

Het smalle weggetje eindigde in een parkeerplaats. Links was het zandpad dat naar het 'kampvuurveld' voerde. In twee stenen cirkels mocht je daar een vuur maken. Omgehakte boomstammen deden er dienst als banken.

Het bredere tegelpad leidde naar een restaurantje en erachter lag de camping. Die bestond uit twee grote velden omzoomd door dennenbomen en lag aan het water.

Hannah en Jesse liepen ernaartoe om bij de boten te kijken. Zijn spullen liet hij in een slordig hoopje achter aan het begin van de steiger.

'Keuze genoeg hier,' zei Jesse. 'Een roeibootje lijkt mij trouwens ook te gek. Dan neem ik het roer en jij de spanen, Hannah. Jij houdt immers van dollen.'

'De blaren staan nog in m'n handen,' overdreef ze. 'Je kunt hier kilometers ver. Er zijn allemaal kleine slootjes.'

'Valt hier verder nog wat te beleven?'

'Schapen. Weilanden vol blaters.' Ze lachte. 'We zaten ze achterna, maar daar hielden die breiwerkjes niet zo van.'

'Vind je 't gek? Drie van die maffe meiden achter je aan, daar zou ik als schaap ook niets voor voelen.'

Hannah zag Kasja en Michail op weg naar de tent en wilde gaan, maar Jesse hield haar tegen.

'Nog even wachten, Hannaatje. We kunnen hier gaan zitten.' Jesse grinnikte om haar verbaasde gezicht. 'Wat denk je, waar die anderen op hopen? Minstens op vijf minuten in een lege tent.'

'Jesse, je bent een ware romanticus.' Hannah trok een overdreven hemels gezicht en gaf een kneepje in zijn arm. 'Sst, niet verder vertellen.'

'Dan verraad ik alvast onze avondromantiek: pizza eten bij kaarslicht én we hebben hout voor het kampvuur.'

'Tja, elk zichzelf respecterend 'durp' heeft tegenwoordig een pizzeria,' vond Jesse. 'Ik heb bier en wijn voor bij de vlammen meegenomen. Het speenvarken hebben we thuis gelaten, dat werd zo'n gesleep. Nu moet jij alleen nog een beetje aardig zijn, Hannaatje. Met dat wijntje heb ík mijn bijdrage aan de romantiek ruimschoots geleverd.'

'Ik ben altijd aardig, het zonnetje in huis. Dat ontgaat jou al jaren.'

'Waarschijnlijk. Hebben jullie in het kanaal gezwommen?' Hannah schudde haar hoofd. 'Niet aan te raden. Volgens opa Aart, de oudste dorpsbewoner, drijft er elk jaar een dood varken voorbij,' grinnikte ze. 'De stadia van ontbinding zijn op de voet te volgen.'

'Lekker zeg, de rest van de smakelijke details mag je me besparen.'

Jesse ging liggen met z'n armen onder zijn hoofd. Hannah ging naast hem zitten. Het was lekker warm en het water kabbelde onder de steiger door.

'Jullie hebben een gave plek uitgezocht,' vond hij. 'Die kanotocht is toch niet al te inspannend, hè? Ik ben hier alleen gekomen voor mijn welverdiende rust, dat begrijp je. Van zon en water word ik altijd zo'n tevreden mens.'

'Ja-aa, alsof je aan de binnenkant van je velletje wordt gestreeld,' zei Hannah bijna teder, ze staarde over het water. 'Dan kun je zachtjes meedeinen met de golfjes. Zonder tijd.'

Hij keek naar Hannah, tussen zijn wimpers door. Soms heeft

ze iets dromerigs, dacht Jesse, is ze helemaal niet stoer en zelfverzekerd. En als ze glimlacht verschijnen er altijd kuiltjes in haar wangen.

5

Na een kanotocht, luieren en een gezellige pizza-avond liepen ze terug naar de camping. De muziek was al te horen op
het smalle weggetje en daarna zagen ze bij het restaurantje
de bonte verlichting hangen. Op de dansvloer stonden een
paar kinderen op een sufgedraaid Frans Bauerliedje te wal-
sen.
'Coole disco,' zei Jesse spottend. 'Gaaf sfeertje.'
'Gaat je bloed gelijk sneller van stromen,' viel Hannah hem
bij. 'Hebben ze hier ook iets wat nog leeft en muziek heet?
Waar blijft de passie?'
Ze werd op haar wenken bediend: Obsesión, van Aventura.
Dat vond ze een geweldig nummer. Haast automatisch be-
gonnen haar armen en benen te bewegen en zong ze mee.
'Hé, Jesse, zullen wij even swingen?' Na de Italiaanse wijn
ging het dansen helemaal makkelijk. 'Doe je mee?'
'Ik kan me inhouden.'
Maar Hannah kreeg hem natuurlijk toch zover. Al was het
onderweg naar de tent en niet op de dansvloer, dat ze zich in
allerlei bochten kronkelden. De laatste tonen stierven weg.
De anderen applaudisseerden en Jesse maakte een buiging.
We broke the rules.

'Je kent de cd,' riep Hannah opgetogen, en nog wat buiten adem. 'Waarom zei je dat niet eerder?'

'Sterker nog, ik heb er eentje gekocht. Vind je 'm leuk?'

Hannah was vlakbij hem komen staan en knikte enthousiast. Jesse keek naar haar stralende ogen. Hij kon haar warmte bijna weer voelen. Ze had een paar keer heel dicht bij hem gedanst en tot zijn verwarring had hij dat opwindend gevonden. Bij Hannah nota bene! Die was altijd een verlengstuk van Kasja geweest, iets van een tweede zus en eerder een 'het' dan een meisje.

Hannah bleek opeens twee stevige borsten te hebben die tegen hem aan drukten tijdens creatieve danspassen. Bepaald niet onaangenaam. Hoe zouden die eruitzien? Hoe zouden ze voelen zonder die bh met de rode roosjes?

'Als je wilt, kan ik een kopietje voor je branden.'

Hannah trok verwonderd haar wenkbrauwen op. 'Ja, dat zei ik net tegen je. Sta je te maffen of zo?'

Ze werd opeens weer gewoon Hannah.

'Hé, jullie,' riep Kasja. 'Kom op, stelletje luiwammesen, hout sjouwen. We gaan vuurtje stoken.' Het veld met de cirkels was tot hun grote tevredenheid leeg en binnen tien minuten hadden ze een stapel houtblokken aangestoken.

'Ik haal gelijk wat te drinken,' zei Jesse. 'Ik heb enorme dorst gekregen van die pizza.'

Hannah keek ondertussen het kleine kringetje rond. Het was een toffe avond, ook al zat ze hier zonder Grote Liefde. Het voelt een beetje kaal, dacht ze, maar misschien kom ik een mooie Griek tegen in mijn vakantie. Die blijft daar toch, dat is handig.

Sommige vriendjes konden namelijk akelig veel aandacht gaan opeisen als je een tijdje met ze ging. Hoewel de vriendjes zelf naar 'lekkere' meisjes bleven gluren, kon het wél problemen opleveren als zij met andere jongens omging. Zelfs als het een jongen was die ze al jaren kende!

'Het is gewoon een afspraak, geen date,' had ze vaak uitgelegd.

Maar dat hielp niet. Een vriendje kon raar reageren en het eindigde dikwijls met ruzie. Het had tijd gekost voordat ze in de gaten kreeg dat jaloersheid zich op veel manieren kon uiten. Even was verliefdheid de hemel op aarde, maar dan werd je een soort bezit en dat benauwde.

Als je de vlinders niet telde, leek verkering vooral een kwestie van belangen afwegen. Wanneer je niet jezelf kon zijn liep het op niets uit. Maar gelukkig waren er altijd, na korte rouwperiodes, weer genoeg leuke dingen te doen.

'Wat zit jij hier sip te kijken,' zei Jesse. Hij gaf Hannah een beker en kwam naast haar op de grond zitten. 'Bier, cola of wijn? Het is een zoete Italiaan.'

'Een Italiaan kan ik niet weerstaan, dus wijn. M'n laatste, anders val ik om. Ik drink niet vaak alcohol.'

'Verstandig meisje ben jij, Hannah.'

'In het begin vond ik het eigenlijk best cool. Maar er wordt zoveel stoer gezopen tijdens het uitgaan en lam zijn vind ik niks. Jij dan?'

'Nee, ik hoef het promillage niet op te voeren om het naar m'n zin te hebben.' Jesse schonk in. 'Je kent me toch, ik ben van mezelf al leuk genoeg. Proost, op je nieuwe vriendje.'

'Hoe weet jij dat?'

'Ik herken de blik. Zo half verlangend, wanhopig en calculerend of het de moeite loont.'

Ze grinnikte. 'Je zoekt ook een vriendje.'

'Bijna goed.'

Met gesloten ogen zat Jesse onderuitgezakt tegen de boomstam. De vlammen toverden afwisselend een warme gloed of schaduwen op zijn gezicht. Hannah keek naar hem. Hij was eigenlijk best een lekker ding met dat sportieve lijf, die volle haardos en lange donkere wimpers. Een mooie mond had hij ook. En hij had zich niet geschoren zag Hannah nu. Jesse kon het goed hebben, het gaf hem iets spannends. Ze moest er opeens van slikken. *Als je daarentegen een kus van mij krijgt...* Ze hoorde zijn plagende stem heel duidelijk. Zou dat echt zo fantastisch zijn? Jesse opende zijn ogen en grijnsde naar haar. Hannah voelde zich betrapt.

'Stil hier, vind je niet?' vroeg ze snel. Kom op, hij was Jesse! Bij hem dacht ze nooit aan zoenen, al die jaren niet. Dat kwam natuurlijk door die vorige flutverliefdheid van haar, ze zocht teveel naar romantiek. 'Je hoort alleen het hout knisperen. Mooi woord, hè?'

'Gut, Hannah, ik dacht dat je zo gelukzalig naar me keek, omdat je de nachtegaal hoorde zingen.'

'Bla bla.' Ze gaf Jesse een duw. Hij was een even grote plaaggeest als zijzelf. 'Werk je nog veel deze zomer of rust je uit voordat je aan je laatste schooljaar begint?'

'Ik heb er al bijna twee weken opzitten. Vanochtend ben ik om zes uur begonnen.' Jesse zuchtte overdreven. 'Jij lag natuurlijk nog te ronken. Ik offer mijn vrije dagen op om hier een beetje oppas te spelen. Voor je 't weet kruipt dat allemaal bij elkaar in de slaapzak als het licht uitgaat.'

Hannah schaterde. 'Heb je je fluitje meegenomen?'

'Reken maar en ik fluit preventief. Daar schrikken ze van. Dan kijken ze wel uit en kan ik rustig pitten.'

'Het slaapt zo anders in een tent, vind je niet? De geur en de geluiden. Ik vind het altijd wel wat hebben.'

'Vooral het comfort is niet te evenaren. Klapstoeltjes en harde bodems.'

'Je klinkt als een ouwe vent,' zei Hannah verwijtend. 'Als je niet kunt slapen, zal ik je een verhaaltje vertellen.'

'Een verhaaltje! Over boffen gesproken.'

'Ja, zonder meer. Het is een sprookje dat ik ergens tegenkwam. Een sprookje over een meisje.' Ze ging er even goed voor zitten en vervolgde zacht: 'Er was eens een prinsesje...'

'Toch wel een mooi en ondeugend prinsesje, mag ik hopen.'

'O, een heel bijzonder prinsesje. Ze had maar één oog.'

'Hè, bah, dat is helemaal niks, Hannah.'

'Jawel, want met dat ene oog...' Ze stopte plagend.

'Nou wat?'

'Met dat ene oog kon de prinses alles zien. Ze kon zien wat de mensen in het geheim wensten en vervulde al hun verlangens. Maar ze werd ouder en wilde zelf ook wat van het leven. Het prinsesje wilde niet langer alleen zijn. En op een dag kwam er een prins langs. Heb je het beeld?'

'Ga door.'

'Zij trok de mooiste jurk aan die ze kon vinden, want het was een bijzonder knappe prins. Het prinsesje keek hem aan en in zijn ogen las ze zijn diepste wens.'

'En die was?' Het sprookje leek Jesse steeds beter te bevallen.

Hannah boog vertrouwelijk naar hem toe en fluisterde traag: 'Heel langzaam liet ze haar handjes in zijn prinselijke broek glijden. Haar kleine warme handen gleden verder omlaag en voelden iets hards... Vol verwachting hield de prins zijn adem in.' Hannah wachtte even en zag de aandachtige blik in Jesses ogen oplossen, hij keek een beetje glazig. Ze wist bijna zeker dat hij op dit moment ook zijn adem inhield en had bij voorbaat al binnenpret.

'Toen vond de prinses het pakje kauwgum dat de prins al een week had lopen zoeken,' zei ze, en barstte in lachen uit.

'Ik had het kunnen weten, echt weer iets voor jou.'

'Hijg, hijg,' zei Hannah, 'geef maar toe. Je bent erin getrapt.'

'Gemeen kind.'

'Mogen wij ook meelachen?' riepen Kasja en Michail tegelijk.

'Kun je beter vergeten. Het is echt weer zo'n Hannahverhaal,' zei Jesse. 'Daar word je als man niet vrolijk van.'

'Ik heb nog een raadsel voor je. Om het weer goed te maken.' Ze gaf een klopje op z'n knie. 'Een raadsel uit zo'n speciaal blad.'

'Wat voor 'speciaal' blad?' vroeg hij achterdochtig. Hannah had nog steeds van die glimogen.

'Zo'n tijdschrift met veel mooie plaatjes.'

'Nee, nee, hier stink ik niet in,' zei Jesse met een afwerend gebaar. 'Dit is een inkoppertje. Je bedoelt zeker familie Duck of de Kijk of...' Zijn herinnering liet hem in de steek.

'Een Okki en dát tijdschrift is speciaal voor kléíne kinderen.'

'Diep, zeg.'

'De vraag is: waar gaat het om? Ik hoop dat ik alles juist heb onthouden. Hier komt ie: Sommigen hebben er een. Niemand heeft er twee. De koningin heeft er drie. Rara wat is het?'

'Sommigen hebben...?' Hij herhaalde nadenkend de zinnen die ze had genoemd en er verscheen een glimlach om zijn mond. 'De 'n', het is de letter 'n'. Heb ik het goed?'

'Wauw, binnen vijftien seconden. Daar ben je weer érg goed in, en snel.'

'En dan heb je mij nog niet eens zien vakkenvullen.' Jesse gaapte langdurig. 'Sorry, dat komt niet door jou.'

'Dat zeggen ze nou altijd,' zei Hannah en hij grinnikte.

6

De volgende ochtend verscheen Nick met z'n vriendin om de kampeerspullen te halen. Nadat alles was ingeladen, zwaaiden ze de auto na en volgden zelf, zonder piepende banden, op de fiets. Het was niet zo heet als de afgelopen dagen. Tegen de avond werd meer wind verwacht met kans op onweer en regen, had Nick gezegd, maar dan zouden ze al thuis zijn.

De sombere weerberichten lieten Hannah koud. Ze was in gedachten al aan het inpakken voor de volgende zonnige vakantie en besloot om toch maar de overbodige, leuke rode bikini te kopen. Die had ze in het dorp op de folder van een grote sportketen zien staan.

'Heeft Nick weer een nieuwe?' onderbrak Jesse haar plannen, hij fietste naast Hannah en had speciaal voor deze vraag zijn muziek nog niet aangezet. 'Haar naam kwam me niet bekend voor.'

Hoewel Jesse staalhard beweerde niet nieuwsgierig te zijn, was hij weer eens verdacht goed op de hoogte van allerlei ontwikkelingen en Hannah wist zeker dat Kasja niet kletste. Ze verdacht hem ervan af en toe stiekem mee te lezen als ze met Kasja zat te msn'en. Jesse ontkende dat op zijn beurt weer in alle toonaarden.

'Ja, sinds een week of drie, geloof ik,' zei Hannah schouderophalend. 'Zo langzamerhand raak ik de tel kwijt. Het is een hele kluif zijn tijdelijke ware liefde niet met een van zijn exen te verwarren, dat kan ik je wel vertellen. Nick is wat vriendinnen betreft echt de tegenpool van broertje Len. Die zit al drie jaar aan dezelfde vastgeplakt. Hij schijnt het nog leuk te vinden ook.'

'Dat klinkt niet bijster enthousiast. Bijna naar achterlijk gedrag van zijn kant,' grinnikte Jesse. 'Alsof jij je er weinig bij voor kunt stellen.'

'Nou ja, zo erg is het niet. Maar Len en Ilse vind ik een saai stel. Soms denk ik dat ze alleen uit gemak nog bij elkaar zijn. Dat kun je misschien overwegen als je vijfenzestig bent, maar niet op je achttiende,' zei Hannah wijs, maar ze bedacht zich. 'Hoewel.'

'Hoewel wat?'

'Volgens mij is het nooit goed. Dan ben je halfdood, terwijl je nog leeft. Die ouwe mensen gaan zelfs op elkaar lijken. Ze rijden op dezelfde fietsen, van dezelfde kleur en met dezelfde fietstassen. Brr.'

Jesse lachte. 'Jij wordt een toffe bejaarde, Hannah. Geen zorgen, jij blijft altijd die dolle bok op de haverkist.'

'Bok! Complimenteus, zeg.'

'Een bokkinnetje.' Hij weerde op het juiste moment haar aanval af. 'Niet zo gevaarlijk doen in het verkeer, eng kind. Ik wil je nog een kaartje kunnen sturen. *From America with Love*.'

'O, ja, leuk. Doe maar in een envelop, kun je er mooi alle interessante roddels en avonturen bijschrijven,' suggereerde Hannah enthousiast. 'Wanneer ga je precies?'

'Over acht dagen. Ik blijf een maand weg.'

'Mazzelaar. Toppie, zo'n vriend met *uncle* Sam.'

'Belangstelling?' vroeg Jesse. 'Met Andor valt een hoop te regelen. Hij heeft er vast niets op tegen om volgend jaar met jou te gaan.'

'Hm, maar even niet,' zei Hannah minzaam. Andor was meer een voor-wat-hoort-wat-type als het om meisjes ging. 'Je vader en moeder krijgen het rustig. Jij in Amerika en Kasja gaat met Sanne naar Noorwegen.'

'Ja, mijn ouders beginnen aan een soort tweede huwelijksreis,' vertelde Jesse met opgetrokken wenkbrauwen. Alsof hij er nu reeds tegenop zag naar al die verhalen te moeten luisteren.

'Kasja zei zoiets. En wat ga jij doen in het land van de zogenaamde onbegrensde mogelijkheden?'

'Andor en ik gaan eerst naar Florida, in de buurt van Orlando,' begon Jesse enthousiast, en was zolang aan het woord dat hij een verontschuldigende blik naar opzij wierp. Hannah zag het niet eens, die amuseerde zich prima.

Er lijkt altijd een van ons beiden op de praatstoel te zitten, dacht hij. Zij had hem vorige week de oren van het hoofd gekletst, toen ze nog gauw een bioscoopje pakten. Betaald door Hannah, natuurlijk, want Jesse had gewonnen met het cryptogram. Als het serieus gezellig was, liet hij zich met de nodige vleierijen overhalen om de ijsjes of het drinken in de pauze voor zijn rekening te nemen.

Aan het eerste cryptogram waren ze ooit begonnen, omdat een van de leraren beweerde dat het knap moeilijk was. Zowel Hannah als Jesse had les van hem, en allebei vonden de man een slechte docent. Tot groot genoegen hadden ze de oplossingen dan ook eerder gevonden dan hij. Op school werd dat met veel plezier rondverteld.

Het was een spelletje geworden en de 'cryptische weddenschappen' bevielen hun eigenlijk stilzwijgend. Hannah vond het prima, simpelweg omdat ze ervan hield om zo vaak mogelijk naar de film te gaan. Bovendien hoorde Jesse al haar commentaar aan zonder chagrijnig te worden.

Het beviel Jesse vooral, omdat hij met grote regelmaat van Hannah won en zijn vrienden vaker hun geld in de discotheek uitgaven dan in de bioscoop. Alleen was ook maar alleen, als hij 'weer eens zonder zat'. Met Kasja wilde hij niet al te vaak. Telkens je zusje meenemen was armoe troef. Dan liep je pas goed voor gek als je een bekende tegenkwam. Met Hannah liep hij dat risico niet.

Het makkelijke was ook dat ze wisten wat ze aan elkaar hadden. Er waren verder geen verplichtingen noch verwachtingen. Hannah deed nooit moeilijk en wat films betrof had ze een brede interesse, zoals ze dat zelf pleegde te noemen. Jesse typeerde dat meer als geen smaak...

Ze waren nog zo'n vijf kilometer van de stad verwijderd toen Michail een lekke voorband kreeg.

'Dat wordt zwoegen,' zei Jesse. Hij zette de fiets op z'n kop in de berm en draaide het ventiel los. Michail zocht naar het gereedschap en de rest lieten ze Jonas opknappen. Gezien de afstand die hij jarenlang naar hun school had moeten afleggen, was hij er aardig handig in geworden.

Hannah ging bij Sanne en Kasja in het gras zitten en keek rond. Er stonden weinig koeien buiten, maar vrij veel paarden en overal schapen. Die wolbalen had ze genoeg gezien de afgelopen dagen.

'Vinden jullie ook dat je slomer wordt op het platteland? Je beleeft de tijd anders,' filosofeerde ze hardop.

'Wa-at?' vroegen Kasja en Sanne tegelijk. Ze lagen met hun ogen dicht.

'Niks, ik weet genoeg,' zei Hannah. Ze plukte boterbloemen en klaver en versierde fluitend de andere fietsen. 'Over een paar dagen ben ik pleite, luitjes. Dit is mijn kleurrijk

afscheidscadeau voor alle leuke uurtjes die we hadden.'
'Dat klinkt officieel. Kom je niet meer terug?' informeerde
Jesse, terwijl hij met een slecht passend pompje de band
weer op spanning trachtte te brengen.
'Nee, ik blijf daar. Ik trouw met een rijke Griek en krijg
tien kinderen.'
'Dat is een hoopvolle droom, Hannah. Rijke Grieken heb-
ben geen tien kinderen. *Wake up girl*, die hebben een vrouw,
één kind en tien vriendinnen.'
'Denk je?'
'Ik weet het zeker.'
'Hm, dan neem ik genoegen met een korte romance en kom
weer gezellig bij jou, lieverd.'
'Gelukkig, die band zit vol,' zuchtte Jesse.
'Zei iemand trouwens nog wat? Ik had zo'n merkwaardi-
ge ruis in m'n oren,' vervolgde hij effen en Hannah lachte
zachtjes.
Ze fietsten met Kasja en Jesse mee naar huis, want daar zou-
den ze eten. In de tuin zaten ook de moeders van Sanne en
Hannah achter een glas wijn. Ze hadden in de kamer een
buffet klaargezet.
'Ha, onze kampeerclub. Wat zien jullie er goed uit,' riepen
ze blij. 'Plezier gehad?'
'Het was gaaf,' zei Kasja. 'Volgend jaar gaan we weer.'
De anderen beaamden dat, maar ze voelden plotseling hoe
hongerig ze waren en hadden geen zin in uitgebreide vakan-
tieverhalen. Kasja wees al naar de tafel.
'Eet smakelijk,' zei haar moeder. 'De vuile borden graag in
de afwasmachine.'
Jesse was direct naar boven verdwenen om zich te douchen
en de anderen wasten hun handen in de keuken. Met volle
borden zochten ze even later een plaatsje in de tuin. Hannah

stootte Kasja aan en knikte naar Sannes moeder die aandachtig richting de tuinbank keek waarop Jonas en haar dochter zaten te stralen.

'Sanne valt gelijk door de mand met al die sterretjes in haar ogen,' zei Hannah.

Sanne had niets in de gaten. Ze zat van alles aan te wijzen op haar bord en stukken quiche met Jonas uit te wisselen, waarna ze allebei de smaakproef deden.

Kasja grinnikte. 'Het is de vraag of ze die weken in Noorwegen overleeft. Dat zal elke dag tig keer sms'en worden vanwege het grote gemis.'

'Ik vind het leuk om Sanne eens van de hopeloos verliefde kant mee te maken,' zei Hannah met een glimlach.

Ze had die ochtend haar spullen uit de tent willen halen, maar toen ze Jonas en Sanne zag, die de wereld om hen heen blijkbaar volledig waren vergeten, had ze het tentdoek weer geruisloos laten zakken.

Hannah realiseerde zich op datzelfde moment dat ze nooit zo ver heen was geweest met een vriendje. Ze was altijd redelijk met beide voeten op de aarde blijven staan. Het gaf haar opeens het gevoel dat er nog van alles te ontdekken viel wat de moeite waard was.

'Heb je zin in de vakantie?'

'Reuze zin,' knikte Kasja. 'Het lijkt me een mooi land. Ik ben er nog nooit geweest. Hopelijk valt het weer een beetje mee.'

'Ergens verwacht je pokkenweer als je naar het noorden afreist. Maar het kan er natuurlijk evengoed hartstikke warm zijn. Heeft Michail nog vakantieplannen?

'Hij gaat met z'n vriend en zijn familie mee naar Texel en ze gaan waarschijnlijk ook nog een paar dagen naar Parijs.'

'Cool. Maar vindt-ie dat niet link?'

Michail was een aantal jaren geleden als vluchteling naar Nederland gekomen. Er waren nog steeds problemen met de verblijfsvergunning van zijn familie en daarom mocht hij eigenlijk niet naar het buitenland.

Kasja haalde gelaten haar schouders op, maar keek toch een beetje bezorgd. 'Er is nauwelijks douanecontrole en hij wil natuurlijk graag. Michail baalt er stevig van dat het allemaal zo moeilijk gaat en... o, daar komt ie.'

Tactvol begon Hannah over een ander onderwerp te praten totdat Jesse met zijn natte haren langs haar wang streek.

'Vind je me lekker ruiken?'

'Geweldig,' zei ze enkel. Met een vies gezicht veegde Hannah de vochtige sporen weg en nam kalm een hap salade.

'Geweldig?!' herhaalde Michail verrast.

'Ja, meegaand typetje,' verbaasde Jesse zich ook.

'Ik ben mezelf niet als ik honger heb.' Hannah nam nog een grote hap en knikte tevreden. 'Heerlijk! Maar wat drink jij daar nou voor smerigs, Jesse? Crodino? Die smaak doet me altijd aan rotte bladeren denken.'

'Yes, Hannah, zo kennen we je weer,' grinnikte Michail.

'Herkenbaar tot haar laatste snik,' zei Jesse vrolijk.

7

In Griekenland had Hannah het naar haar zin gehad. Het ontbreken van belangrijke romantische momenten lag aan het eilandhoppen, vertelde ze juist aan Michail. Uit pure verveling had ze hem opgebeld. Hannah verheugde zich op het weerzien met Sanne en Kasja, maar dat zou nog een week duren en daarom probeerde ze Michail te porren voor een afspraakje.

'Kan ik jou niet even lenen voor een bioscoopje? De rest van mijn vrienden en kennissen is namelijk onbereikbaar.'

Michail had wel zin in een spannende film. 'Maar breng het een volgende keer wat meer als een compliment, Hannah. Dat geeft me een beter gevoel dan nummer honderd te zijn op jouw lijst.'

Ze schaterde. 'Sorry, ik heb ze niet allemaal gebeld, hoor. Ik weet dat ze in Verweggistan zitten. Jij staat echt in mijn top tien.' Zijn grappige accent vertederde Hannah nog steeds. Ze was ooit verliefd op hem geweest, maar Michail leek on-afscheidelijk van Kasja.

'Dankjewel. Nu kan ik er weer tegen. Hoe laat zal ik bij je langskomen?'

Het was een leuke avond geweest, evenals de middagen die

ze samen doorbrachten. Zwemmen, zonnen en praten. Toch was Hannah blij dat ze enkele dagen later weer met z'n allen bijeen waren. Er was veel te vertellen...

De mooie dagen hielden aan tot begin september, daarna was het gedaan met de zwemafspraakjes. Onder grijze luchten en door regenbuien gingen ze weer naar school.

Op een oktoberavond merkte Hannah met verbazing hoeveel goudgele bladeren op het gras lagen. Vanuit haar slaapkamer stond ze ernaar te kijken, terwijl ze op Kasja wachtte. Elke week fietsten ze samen naar de sportzaal voor hun jiujitsu training, maar vandaag was Kasja erg laat. Op het moment dat Hannah besloot te bellen, zag ze haar vriendin aankomen.

Het viel meteen op dat iets niet klopte. Kasja stond een beetje sloom aan het fietsslot te prutsen en liep met gebogen hoofd de tuin in naar de achterdeur. Dat was een slecht teken.

Hannah vermoedde dat het met Michail te maken had. Een paar dagen geleden was er opnieuw een rechtszitting geweest, in verband met de verblijfsvergunning voor hem en zijn familie. Aan hun onzekere situatie leek geen einde te komen. Alle partijen wilden hun eigen waarheid bewijzen en Michail zou ongetwijfeld weer in de nodige stress zitten. Want nadat Kasja met hem en zijn ouders de rechtbank had bezocht, werd ze heel stilletjes.

Hannah hees zich in haar jas en greep de rest van haar spullen. Ze kwamen elkaar tegen op de trap.

'Hoi,' zei Kasja. 'Sorry, dat ik een beetje laat ben. Ik was de tijd vergeten.'

'Maakt niet uit.' Die rode ogen van Kasja waren vast niet door de wind veroorzaakt. 'Heb je gehuild? Is er wat gebeurd? Je bent aldoor zo stil.'

'Ach, het is m'n eigen schuld. Nou ja, niet alleen die van mij, maar wel het meest.' Kasja veegde met een driftig gebaar een paar tranen weg.

'We kunnen nog even naar mijn kamer. Is het niet gemakkelijker om het eruit te gooien? Dat lucht op.'

'Misschien. Hoewel... eigenlijk wil ik ook sporten, dan kan ik m'n agressie kwijt. Ik voel me onrustig.'

'Oei, dat belooft wat.' Hannah grijnsde. Ze trainden meestal met z'n tweeën voor de bruine band en ze kon het altijd aan een worp of een klem merken als Kasja haar frustraties afreageerde, die werden ruwer en agressiever.

'Ik praat wel onder het fietsen,' zei ze. 'Als ik bij je ga zitten, vind ik mezelf zo zielig. Dan moet ik de hele tijd janken en dat heb ik de halve middag al gedaan. Dat schiet ook niet op. Laten we maar gaan.'

'Oké.' Ze liepen samen naar buiten.

'Het gaat om Michail,' begon Kasja, 'dat begreep je waarschijnlijk al. Die hele rechtszaak in Zwolle vond ik zo'n prutvertoning. Hun advocaat deed erg z'n best, hoor, daar lag het niet aan. Maar als je iedereen hoort praten, heel keurig na elkaar, krijg je zo'n akelig jojo-gevoel. Als ik die brieven over Michails asielaanvraag niet had gelezen was het me niet opgevallen, maar nu... vreselijk! De IND lijkt van alles te verdraaien.'

'IND?'

'Immigratie- en naturalisatiedienst. Telkens vinden ze iets anders belangrijk. Hopeloos. Je kunt er geen touw meer aan vastknopen, belachelijk. Alsof er nooit een einde aan komt, daar word ik zo moedeloos van.'

'Was Michail ook teleurgesteld?'

'Dat weet ik niet precies.' Kasja ontweek haar blik. 'Zijn ouders waren in ieder geval tevreden. Hun advocaat gaf bijna geen commentaar. Hij moest weg voor een andere zaak.'

Hannah knikte en wachtte af. Ze begreep nog steeds niet waarom haar vriendin rode ogen had.

'Maar ik kon m'n mond niet houden,' zei Kasja tenslotte.

'Hoezo? Heb je staan schreeuwen in de rechtszaal?' vroeg Hannah geschrokken. Kasja kon heel fel reageren als ze iets onrechtvaardig vond.

'Zo erg was het nou ook weer niet. Alleen tegen mijn moeder. Ze reed immers, zodat Michails familie niet met de trein hoefde. Veel goedkoper voor ze. Eigenlijk krijgen ze heel weinig geld en ze mogen nauwelijks werken om zelf wat bij te verdienen. Overal zijn tig regels voor, echt onvoorstelbaar.' Kasja zuchtte.

'Nou ja, toen de rechtszaak was afgelopen gingen we naar het toilet, mijn moeder en ik. Daar ging ik te keer als een soort gal spuwende vulkaan. Hoe waardeloos alles was, dat zo'n zitting zonder gevoel verliep. Dat je de indruk kreeg dat de rechter niet luisterde en allang een beslissing had genomen, enzovoort. Je weet hoe ik kan zijn. Mijn moeder ook, natuurlijk, die bleef kalm en liet me uitrazen.'

'Dat is toch niet zo erg. Je mag je emoties toch kwijt. Daar kan je moeder best tegen.'

'Mijn moeder wel, die geeft me gewoon een knuffel,' zei Kasja zacht. 'Maar Michail stond op de gang te wachten, dat wist ik niet, hij heeft de hele uitbarsting meegekregen.'

'Oei.'

'Op het laatst zei ik dat het bijna onmogelijk is om in een goede afloop van de asielaanvraag te geloven. Dat heeft hij ook gehoord.'

'Tja, dat is minder geslaagd,' gaf Hannah toe. 'Ach, Michail begrijpt best dat je zoiets zegt, omdat je er bang voor bent.'

Het bleef even stil tussen hen.

'Dat je het vreselijk zou vinden als hij weg zou moeten,' vulde Hannah aan.

'Hij heeft sindsdien niets meer tegen me gezegd. De terugweg zat hij voorin en zei geen woord. Ik moet hem spreken, want ik wil het uitleggen,' zei Kasja en nu klonken er tranen in haar stem. 'Ik heb hem een aantal keren gebeld, maar hij neemt niet op. Of z'n ouders zeggen dat Michail er niet is. Hij antwoordt ook niet op mijn sms'jes. Ik denk dat hij me niet meer wil zien.'

'Wat een onzin.'

Hannah kon het niet geloven. Kasja zou zoiets nooit zeggen als ze zich niet heel onzeker zou voelen, dat was duidelijk, maar Michail was altijd stapel op Kasja geweest. Hannah had hem nog nooit één negatief woord over haar vriendin horen zeggen.

'Misschien staat z'n hoofd niet naar uitleg en wil hij even alleen zijn,' zei ze.

'Dat zegt hij gewoon. Daar doen we nooit moeilijk over. Nee, dit is anders.'

'Ik kan je helpen. Zal ik bellen of bij hem langsgaan?' bedacht Hannah.

'Nee, dat wil ik niet. Het is heel lief van je, hoor, maar dit moeten we zelf regelen.'

'Ben je boos?'

'Ja,' zei Kasja direct. Daarna krabbelde ze terug. 'Nou ja, en verdrietig. Het voelt zo stom. We hebben nooit echt ruzie of zo'n zwijg-dood-periode. Meestal wordt een van ons beiden chagrijnig, dat is duidelijker. Dan kun je gewoon pissig terug doen en daarna loopt het wel los.'

'Ben je al bij hem thuis geweest?'

'Nee, en dat ben ik ook niet van plan. Ik vind dit gedoe ook een beetje kinderachtig van hem. Hij kan toch íéts doen! Laat hij dan sms'en als hij niet wil praten. Ik heb genoeg gedaan, vind je niet?'

Hannah knikte. 'Misschien is er deze keer wat meer tijd nodig voordat "het wel losloopt". Sowieso meer tijd, bedoel ik, ook zonder jouw vulkaanuitbarsting. Die rechtszaak betekent natuurlijk superveel voor Michail. Allemachtig, zo'n dag is nogal wat.'

'Ja, nou! Ik wil niet dat hij ook nog het gevoel krijgt dat ik hem in de steek laat,' zei Kasja zacht.

'Welnee, dat zal Michail nooit denken,' reageerde Hannah vol overtuiging. 'Het komt vast wel goed. Maar ik wil best helpen...'

Toevallig kwam ze Michail de volgende avond tegen. Hannah had aangeboden om de brieven van haar moeder naar het postkantoor te brengen, zodat ze lekker kon uitwaaien na het duffe huiswerk. Het liefste was ze met dit weer langs de zee gelopen om de golven op de pieren te zien beuken. Staand op het strand waar het zand vochtig was, het bleef liggen en niet in je ogen sneed. De armen uitgespreid en hangend in de wind, dacht Hannah, cool.

Maar ja, ze woonde niet aan zee. Ze had haar jas dichtgeritst en duwde haar handen diep in de zakken. De onverwachte windstoten brachten haar af en toe uit haar evenwicht. Dat gaf een spannend en lacherig gevoel tegelijk. Hannah hield van storm. Op de terugweg werd ze ingehaald door Michail. Hij zag haar niet eens.

'Hé, Michail! Heb je een bril nodig?'

'Hoi, Hannah.' Hij kwam traag tot stilstand en bleef wachten tot ze naast hem stond. 'Sorry, hoor, ik was in gedachten. Ik had je niet gezien.' Met z'n fiets aan de hand liep Michail met haar mee.

'Maak niet uit. Je oren doen het nog.' Hannah keek hem opmerkzaam aan. Michail zag er moe en bleek uit, met een wazige blik in z'n ogen. Hij had gedronken, dat rook ze. En ook nog iets anders. Er hing een kruidige geur om hem heen. De koffieshopgeur noemde Hannah dat. Ze vond het niet lekker ruiken. Een aantal van haar bekenden dacht daar heel anders over. Ze trok haar neus op.

'Nou, ik hoef niet te vragen waar jij geweest bent. Wierook is er niets bij.'

'Ik was met Gunnar wat aan het drinken, zie je,' antwoordde Michail op een verdedigende toon. 'Een paar biertjes. Dat is alles wat ík gehad heb.'

Hannah knikte begrijpend, want Gunnar kende ze. Die vriend van Michail was iemand over wie je graag droomde, ondanks dat hij grossierde in de vriendinnen. Hij was nog sneller met inruilen dan haar eigen broer. En Nick was een maatstaf!

'Best, hoor, dat zijn ook jouw zaken.' Hannah haalde laconiek haar schouders op. 'Je ziet er alleen zo dood uit. Slaap je niet meer tegenwoordig?'

Michail zuchtte. 'Niet zo best, nee.'

'Dat dacht ik al. Teveel aan je hoofd zeker,' zei ze, op een plotseling zachtaardige toon. 'Kan ik helpen?'

Haar vraag bleef onbeantwoord in de lucht hangen. Ze liepen zwijgend verder, maar op het laatst barstte Michail los.

'Het is een klerezooi. Je hebt het vast van Kasja gehoord. Het was een waardeloze vertoning in Zwolle en we zitten hier al zo lang. Wat moet ik nou?' riep hij opgewonden, en keek Hannah radeloos aan.

'We kunnen niet terug naar mijn geboorteland. In Batyrstan worden we nu officieel geweigerd en Nederland wil ons ook niet. Ik kan hier straks geen kant op met mijn diploma's. En met Kasja...'

Hij bleef maar doorgaan. Hannah kreeg er geen woord tussen. Waarschijnlijk hoefde dat ook niet. Michail moest het blijkbaar gewoon kwijt. Het was genoeg als ze luisterde.

Hannah had het gevoel dat haar hart kromp bij zoveel ellende. Hoe konden hij en Kasja hiermee omgaan zonder depri te worden? Misschien was het achteraf toch maar goed dat Michail op Kasja was gevallen en niet op haar. Zij was vast stukgelopen op al die problemen, maar haar vriendin kon nog altijd lachen. Nou ja, bijna altijd.

Even plotseling als Michail begonnen was, stopte hij. Met heel wat meer kleur op zijn wangen keek hij Hannah wat ongemakkelijk aan.

'Je zegt dit niet tegen Kasja, hè, beloof je dat? Ik wil niet dat ze zich nog meer zorgen maakt.'

'Ik praat nergens over.' Hannah glimlachte. 'Maar je moet naar haar toegaan. Je kunt zoiets niet voor je uit blijven schuiven. Kasja heeft je altijd geholpen en nu heeft ze jou nodig. Je moet je niet als een bokkige idioot blijven gedragen. Ga nou met haar praten, ook al vind je dat moeilijk. Dat moet jíj beloven.'

'Oké. Maar vanavond niet meer. Ik wil er nog over nadenken. Morgen ga ik naar haar toe.'

Ze waren stil blijven staan op het punt waar Michail moest afslaan.

'Hm.' Hannah twijfelde eraan. 'Erewoord?'

'Echt waar, dat beloof ik je plechtig,' zei hij nadrukkelijk met opgestoken hand. 'En dankjewel.' Ze kreeg een zoen op beide wangen.

'Top, dat is me niet eerder gelukt,' grijnsde Hannah. 'Het is hard werken om van jou een zoen los te krijgen.'

Michail keek wat verlegen. Alsof hij zich herinnerde dat

hij niet altijd even handig op Hannah's vroegere versier-
pogingen had gereageerd.

'Je bent een schat. Echt waar.'

'Ja, een grote,' zei ze, en zwaaide hem na.

8

Hannah was met Nick in een gezellig gesprek gewikkeld. Haar broer was onverwachts thuisgekomen. Ze gingen wat lekkers halen en een dvd huren. 'Met de auto,' had Nick gezegd, 'want die hemelse nattigheid is slecht voor mijn perfecte coupe.'

'Wijf,' zei Hannah en hij lachte waarderend om haar snelle reactie. De stemming zat er gelijk in.

Nick kletste graag onder het rijden, vooral over zijn veroveringen en hij had kortgeleden weer een enorm succes geboekt bij de vrouwen. De verhalen, waarin de hoofdrol altijd voor hemzelf was weggelegd, stortte hij graag over Hannah uit.

'...dus toen was het bingo! Nu weet je hoe ik Rosalyn heb gescoord. Alles bij elkaar opgeteld, heb ik er niet eens twee dagdelen aan besteed.'

'Zoals jij erover praat lijkt het wel een projectje,' zei Hannah met opgetrokken wenkbrauwen.

'Ja, hoe wou je het anders noemen?!' antwoordde Nick stomverbaasd. 'Je moet paaien om te kunnen-ne... aaien.'

'Maar deze keer is ze het helemaal,' ging hij enthousiast verder en Hannah zette in gedachten al een kruisje.

Ze keek door het natte raam naar de mensen op straat. In

een flits zag ze een bekende vorm en hoorde helemaal niet wat Nick nog meer over zijn "gave" studentenleven te vertellen had.

'Hé, Michail,' mompelde Hannah.

Zou hij eindelijk op weg zijn naar Kasja? Hij liep in die richting, maar ze had de indruk dat Michail er ongelukkig uitzag. Huilde hij of kwam dat door de regendruppels? Die vertekenden de buitenwereld en bovendien reed haar broer altijd harder dan nodig was. Zo helder had ze Michail ook weer niet kunnen zien. Het was meer een onbehaaglijk gevoel dat ontstaan was op het moment dat ze hem ontdekte.

De auto zwenkte de bocht al om en amper een minuut later parkeerde Nick met een soepele beweging naast een glanzende BMW. Hannah wist wat er ging komen en souffleerde geluidloos de tekst.

'BMW M3! Een bolling midden op de motorkap, voor de kenner,' merkte Nick getroffen op. Hij kwijlde nog net niet. 'Gaaf hè, zo'n scheurijzer. Goed voor 343 pk. Ik moet effe pinnen.'

'Ik wacht bij de supermarkt,' zei Hannah afwezig en tikte met haar vingers op het mobieltje in haar jaszak. Het beeld van Michail liet haar niet los. Voor alle zekerheid besloot ze Kasja op háár mobiel te bellen, maar ze kwam op de voicemail uit. Hannah toetste het gewone nummer in en nu kreeg ze Jesse.

'Hoi, met mij,' zei ze. 'Is Kasja thuis?'

'Gezelligerd. Kun je niet eerst wat aardigs tegen me zeggen, voordat je naar m'n kleine zus vraagt? Uit brandende liefde of gewoon voor de vorm?'

'Zou ik kunnen, als ik zou willen. Maar... Hé, wat zijn dat voor geluiden, waar ben jij mee bezig? Hallo, ben je er nog?' riep Hannah.

'Ik ben er weer. De telefoon gleed weg.'

'Hoe kun je die nu uit je handen laten glijden?'

'Omdat ik m'n handen gebruik om me in een broek te hijsen en de telefoon klemhoud met m'n schouder,' reageerde Jesse bedaard. 'En als je nog tien seconden geduld hebt, kan ik ook nog een trui aantrekken. Daarna ben ik *all yours*.'

'Jeetje,' fluisterde Hannah meer tegen zichzelf. Hij had nog geen kleren aan. Ze kreeg het opeens warm bij de kleurrijke beelden die zijn woorden opriepen. De laatste keer dat ze hem op de tennisbaan had zien spelen, miste ze zelfs een paar ballen tijdens het dubbelen. Ze werd afgeleid door zijn gespierde bruine benen en zijn vloeiende bewegingen.

'Ja, ik heb zojuist in de hal getennist,' verklaarde Jesse, alsof hij wist waar ze in die tien seconden met haar gedachten had gezeten. 'Vandaar de douche en de schone kleertjes.'

Na al die jaren begreep Hannah onmiddellijk dat ze zijn bad-kamerrituelen had onderbroken. Jesse stond zich altijd flui-tend aan te kleden na het douchen en nam er zeer uitgebreid de tijd voor.

'Om je eerste vraag te beantwoorden: nee.'

'Hoe? Wat?' Hannah kon de alledaagse draad niet zo snel terugvinden. 'Welke vraag?'

'Kasja is er niet.'

'Da's pech.' Hannah aarzelde, maar besloot het toch te zeg-gen. 'Ik maak mij wat zorgen, weet je.'

'Nee, dat wist ik niet.'

'Jesse! Toe nou.'

'O, is dit een serieuze boodschap? Dan gaan we over op een andere golflengte.'

'Ik zag Michail net lopen en volgens mij zag hij er knap be-roerd uit. Echt doodongelukkig. Kasja heeft al dagen niets van hem gehoord en gisteren heb ik...' Hannah beet op haar lip. Ze had beloofd niets te zeggen. Maar Michail had op zijn beurt beloofd naar Kasja toe te gaan. Dat had hij vast nog niet gedaan, want Kasja zou zeker een sms hebben gestuurd. 'Er klopt iets niet en...'

'Dat klopt,' onderbrak Jesse. Hannah greep al vertwijfeld naar haar hoofd, maar hij bleek deze keer geen grapje te maken. 'Die twee hadden een wat minder geslaagd onderonsje. Ik heb Michail gesproken. Op mijn aanraden is hij Kasja nu aan het zoeken. Die hint leek me een goeie zet. Maakt vast indruk op m'n zus.'

'Hij is Kasja aan het zoeken?'

'Ik versta me zelf wel, hoor.'

'Is ze dan weggelopen?'

'Helemaal. Maar even voor de juistheid: ze is weggefietst.' Jesse zat er blijkbaar niet zo mee, na zijn goede daad.

'Serieus? Zit je niet te zieken? Hebben ze echt ruzie?' vroeg Hannah ongelovig.

'Zonder twijfel. Kasja fietste me bijna omver, zonder me te zien. Michail had het uitgemaakt. Zo ongeveer tenminste.'

'Ongeveer uitgemaakt? Michail? Wat is dat nou voor raar gedoe? Bovendien... Je zet er een streep onder of niet.'

'Ja, dat zei ik ook.' Jesse lachte zachtjes. 'Niet iedereen kan dat, Hannaatje.'

Ze werd opeens geraakt door iets in zijn stem en slikte. 'Met dit pokkenweer zullen ze zo wel binnendruppelen,' ging hij luchtig verder. 'Kunnen ze de ruzie wegzoenen. Lekker toch. Hij wilde niet van Kasja af, volgens mij. Eigenlijk helemaal niet. Het was meer een...een... eh wanhoopsdaad, ja!'

'Wanhoopsdaad?'

'Cool, hè? Het leven zit vol dramatiek. Jij staat vandaag trouwens echt in de *repeat mode*, Hannah. Misschien moet je even tegen je hoofd slaan. Dan is die grijze massa van jou weer alert.'

'Kasja heb ik niet gezien.' Hè, hè, natuurlijk niet, dacht ze, anders stond ik nu niet met Jesse te bellen. Dat begreep hij ook. Hannah ergerde zich aan haar slome reacties. Wat had ze toch?

'Maar ik denk dat Michail weer op weg is naar jullie,' eindigde ze tam.

'Zie, het gaat al beter. Het onlogische begin van deze mededeling vergeet ik voor het gemak.'

'Zo te zien had Michail trouwens wat meer nodig dan alleen een zoen.' Ze zou zich niets van Jesses plagerige toon aantrekken. Het bleef plotseling stil aan de andere kant en Hannah besefte de dubbelzinnigheid van haar uitspraak. 'Michail leek hard aan een eh b-borrel toe, bedoel ik,' stotterde ze, en voelde dat ze een kleur kreeg. Daar had ze anders nooit last van, maar goed dat Jesse het niet kon zien.

'Ja, dat begreep ik al, Hannaatje. Je hoeft niet te blozen.' Hoe wist hij dat nou? Weer zo'n klank in zijn stem. Het hele gesprek verwarde haar.

'Nou ja... Het... eh lijkt dus allemaal goed te komen,' hakkelde ze verdwaasd. 'Of niet?'

'Alles komt zoals het moet,' antwoordde Jesse filosofisch. 'Denk je niet?'

'Ja, ik eh...' Hannah beet op haar lip. Ze kon toch gewoon 'tot kijk' zeggen of... Wat had ze opeens? Waarom voelde alles zo anders?

'Ik bel je even als Michail er is,' beloofde Jesse vriendelijk. 'Dan hoef jij je geen zorgen meer te maken.'

'Oké, maar...'

'Is geen moeite, hoor.'

'Oké, dank je. Dat eh was het dan,' zei Hannah wat onzeker.

'Ja, dat vermoeden had ik al.' Jesse zweeg, maar hij hing niet op.

'Wil je straks tegen Kasja zeggen dat ik morgenochtend even bij haar langskom? Rond een uur of elf.'

'Ja, dat wil ik ook nog wel voor jou doen.'

'Mooi, dank je.'

'Geen dank.'

'O.'

'Ja.'

'Doei.'

'Dag, Hannah.'

Ze verbrak gauw de verbinding en zuchtte diep. Jeminee, scherp was anders! Dom gehakkel en onnozele herhalingen. Ze was bepaald niet op haar best, maar Jesse had nergens last van. Hij was gewoon een plaaggeest. Eigenlijk een bijzonder aardige plaaggeest.

Hannah werd opgeschrikt door een scherp fluitje. Nick wenkte, hij wilde blijkbaar eerst naar de videotheek. 'Apport!' zei ze. 'Hond volgt baas.'

De volgende dag lag Hannah op Kasja's bed te luisteren naar het verhaal achter het telefoongesprek. Jesse had nog doorgebeld dat alles goed was gekomen, maar de details wilde ze graag van Kasja zelf weten. Voor dergelijke momenten koos Hannah altijd wat ongewone houdingen. Deze keer kon ze zich het beste concentreren met haar benen omhoog tegen de muur.

'En toen?' vroeg Hannah. Haar hoofd hing over de rand naar beneden, maar Kasja keek er na al die jaren niet meer van op.

'Nou, ja... Na dat hele blablaverhaal maakte Michail het uit. Ik was hartstikke kwaad, natuurlijk. Ik liet 'm hier zitten en ben weggegaan,' zei Kasja vrolijk. 'Ik fietste maar wat rond. Janken! Schoot ik ook niets mee op. We moeten het gewoon uitpraten, dacht ik opeens, en toen voelde ik me gelijk een stuk opgeluchter.'

'Voordat ik naar huis ging, trakteerde ik mezelf nog op een blikje drinken. Ik was namelijk erg tevreden over mijn eigen slimheid.' Kasja lachte.

'En wat gebeurt er? Fiets weg! Vergeet ik één keer om m'n fiets op slot te zetten, wordt het ding gelijk gejat. Van die hele diefstal had ik niets in de gaten.'

'Maar Michail wel.' Hannah's hoofd was rood geworden en ze veranderde van houding.

'Ja, hij kwam die man tegen. Die vent had bij hem in het AZC gewoond en "handelde" toen al in fietsen. Nu bood hij mijn fiets aan, voor vijftig euro. Michail dreigde hem aan te geven bij de politie. Hij moest het bekopen met een fikse dreun, maar kreeg mijn fiets er gratis bij. Die stond keurig in de tuin toen ik thuis kwam.'

'Goh, en dat terwijl het 'uitmaken' zo goed bedoeld was van Michail,' grinnikte Hannah.

'Ja, hij vond het vreselijk bij de rechtbank. Hij vond het al erg genoeg dat zijn eigen leven zo moeilijk was. Maar hij hoorde mij schelden en wilde niet dat mijn leven ook een puinhoop werd.'

'De schat. Zo'n akkefietje eindigt dan met een blauw oog.'

'Onder ándere met een blauw oog.'

Het speciale toontje in die stem kon niet onopgemerkt blijven. Hannah was opeens één en al aandacht. Ze zag de glimlach in Kasja's ogen, het lichte blosje en schoot naar voren.

'Bedoel je dat jullie…?' fluisterde Hannah. Ze maakte haar vraag niet af. Het antwoord zag ze op Kasja's gezicht.

Ze waren met elkaar naar bed geweest! Ze hadden het gedaan!

Hannah had zich nog nooit zo wakker en alert gevoeld als op dat moment. Het vlamde door haar lijf.

'Aha! Zo-oo!' Ze trilde ervan.

'Ja-aa.'

'O, wat spannend. Was je, was je zenuwachtig?'

'Nee.' Kasja's stem sloeg een beetje over en het blosje op haar wangen werd wat dieper rood. 'Nou ja, eerlijk gezegd best wel. In films lijkt het allemaal zo perfect en sfeervol. Ik had er altijd zo'n eh romantisch idee van, weet je.'

'En?'

'Eh ja, oké. Hij eh...'

'Duurde het lang?'

'Véél korter dan ik altijd dacht,' bekende Kasja. 'Eigenlijk eh was er eh nie...' Ze wreef over haar armen alsof er iets verkeerd zat dat kriebelde en maakte haar zin niet af.

De verlegen onrust ontging Hannah. Er brandde een vraag op haar lippen. 'Deed het nou ook pijn of zo?'

'Nee, niet echt. Geen pijn, het voelde eh vol,' zei Kasja en nu praatte ze snel verder. 'Na alle tampons die ik in mijn leven heb versleten en alle aangename ontdekkingen, enzovoorts, zal het waarschijnlijk anders zijn.'

Hannah grijnsde breed, want dat vermoeden had ze zelf ook al gehad.

'Wauw. Toppie.' Met een diepe zucht vouwde ze haar armen onder haar hoofd. Hannah dacht van alles tegelijk en voelde zich opeens vreselijk loom worden. Ze gaapte krampachtig. Ze had zin in iets. 'Nu je zo gelukkig bent, zou je voor mij misschien een heerlijke warme chocolademelk kunnen maken.'

Wat later slurpte Hannah tevreden uit haar beker.

'Hadden jullie condooms?' vroeg ze nieuwsgierig. Ze was enigszins onder de indruk van een dergelijke vooruitziende blik.

Kasja keek opeens wat schuldig. 'Eh, nee, het was niet gepland, zeg maar. Het ging gewoon verder dan anders.'

'Wauw,' zei Hannah. Ze voelde zich nog steeds wat trillerig.

'Maar het was een veilig tijdstip,' reageerde Kasja op een verdedigende toon. 'Dat zag ik later, dat hou ik bij in mijn agenda.'

'Wanneer het veilig is? Zet je groen licht bij die dagen of zo?' vroeg Hannah stomverbaasd.

'Nee, natuurlijk niet. Ik noteer met een sterretje wanneer ik ongesteld ben. Dan weet ik wanneer ik het weer kan verwachten en eigenlijk ook wat een ongeveer veilige periode is. Het is maar een paar dagen per maand linke soep. Je moet dan goed opletten, sperma schijnt niet snel dood te gaan, kan dagen blijven leven. Je kunt niet even naar de wc gaan en alles eruit persen.'

'Oké.' Hannah haalde haar schouders op. Over die alledaagse toestanden wilde ze liever niets horen, ze was eigenlijk veel nieuwsgieriger naar de rest.

Hoe het opeens was gebeurd? Hoe pakte je dat aan? Hoe het voelde? Was het anders dan wanneer je het bij jezelf deed? Hoe wist je nou of je alles goed deed, want hoe wist je nou of je het allebei écht lekker vond? Zei je gewoon, een beetje meer van dit en een beetje minder van dat? Hoe vaak zouden ze het gedaan hebben?

Vast vaker dan één keer. De eerste keer was je allebei natuurlijk hartstikke zenuwachtig. Veel zenuwachtiger dan de tweede keer, de derde, de vierde... Het zou wel steeds beter worden, dacht Hannah dromerig. Ze had tot nu toe voornamelijk zoenvriendjes gehad. Die waren allemaal aardig genoeg geweest om flink te zoenen, maar niet leuk genoeg om ze uitgebreid te laten friemelen onder je kleren. Daar had ze totaal geen trek in gehad. Ze had er een gehad die bij de eerste tongzoen al dacht dat-ie tussen haar benen kon grijpen. Nou, die had ze mooi een knietje verkocht. Maar meestal was het een hoop gestuntel en verkeerde woorden. Ze had het nooit zo romantisch meegemaakt als in films of boeken. In Hannah's hoofd ontstond een waslijst met vragen, maar die durfde ze toch niet te stellen. Misschien later. HET leek nu nog erg privé. De stilte die tussen hen was gevallen, ging volledig aan haar voorbij. Diep in gedachten dronk ze de beker chocola leeg.

'Ik ga straks shoppen met Sanne,' zei Kasja. 'Ik heb een prachtige tas gezien, die moet ik gewoon kopen, en we gaan voor een zeker iemand wat uitzoeken. Weet je inmiddels welk cadeau je leuk vindt?'

'Cadeau?' herhaalde Hannah, die overgang ging veel te plotseling. Ze moest eerst afscheid nemen van al die opwindende beelden in haar hoofd.

'Je bent dinsdag toch jarig.'

'O ja, da's waar ook.' Ze waren alledrie vlak na elkaar jarig en vroeger vonden ze dat geweldig. Drie feesten op een rij, ze hoorden bij elkaar.

'Geef mij maar een verleidelijke geur,' zuchtte Hannah, nog zwevend in de romantiek. 'Zoiets brengt vast geluk.'

Kasja lachte en Hannah nam een van de kussens op het bed liefkozend in haar armen.

'I'll let you know that - all you want, is right here in this room, all you want - and all you need, is sitting here with you, all you want...,' zong ze luidkeels mee met Dido.

De deur ging open en Jesse stak grijnzend zijn hoofd naar binnen. 'Wil het een beetje lukken, Hannah?'

Hij kreeg prompt het kussen in zijn gezicht.

9

Er was nog één schooldag te gaan, dan zou het herfstvakantie zijn. Dankzij aangepaste roosters hadden ze niet veel huiswerk en morgen het eerste uur vrij. Hannah had Sanne al gebeld, want er draaide een leuke film. In twee bioscopen op verschillende tijden.

'Tof. Bel maar als je weet hoe laat we gaan, dan fiets ik vanavond bij je langs,' had Sanne gezegd. Zij had geen voorkeur, Kasja misschien. Maar Kasja's mobiel stond uit en ook de telefoon gaf het voicemailbericht.

Hannah kauwde lusteloos op een appel. Zowel natuur- als scheikunde had ze af, maar bij de Duitse opgaven begon ze te gapen. Dit was doodsaai. Tijd voor een pauze. Hannah keek naar de grauwe lucht. Ze kon even snel naar de bieb. Met een beetje geluk zou het droog blijven. Er lagen vier boeken met een boete. Eigenlijk kon ze niet langer wachten. Het leek opeens een leuk klusje.

Een paar straten verder begon het echter te regenen en Hannah had geen zin om er doorheen te fietsen. Een halfuurtje later zou de prijs ook niet opdrijven. Misschien was Kasja inmiddels thuisgekomen. Ze was vlak bij haar huis en dat betekende een dak boven je hoofd. Kon ze gelijk een afspraak maken voor de film.

De hond blafte niet eens. Piko lag suffig in de bijkeuken vanuit zijn mand te kwispelen. Hannah had een kort gesprekje met hem en aaide over zijn kop. Kasja had hem zeker uitgelaten, want Piko's natte haren bleven aan haar vingers plakken. Ze waste neuriënd haar handen bij het aanrecht.

In de kamer was zoals gewoonlijk niemand. De laatste jaren werkten Kasja's ouders allebei hele dagen. Hannah hing haar natte jas over de warme radiator in de gang en zette haar schoenen eronder. Die konden ondertussen mooi opdrogen. Met twee treden tegelijk nam ze de trap en klopte op Kasja's deur. Geen antwoord. De kamer was leeg, maar ernaast klonk muziek. *The Tindersticks.* Dat betekende dat Jesse thuis was. Hij verzamelde muziek van oude bands.

Zou ze even vragen of hij die film al had gezien? Dan had ze een excuus om langer te blijven, anders stond ze alsnog in de regen. Of ze kon proberen hem over te halen om in november toch mee te gaan naar Ameland, bedacht ze. Sanne en Jonas hadden voorgesteld om er in de Amelandse Kunstmaand een dagje heen te gaan met z'n allen.

Volgens Kasja had Jesse 'geen zin in eilandcultuur'. Hannah had ook geen idee wat ze zich bij een eiland vol kunst moest voorstellen, maar een dag rondzwalken op Ameland met vrienden leek haar niet verkeerd. Dat Jesse niet mee wou kwam haar slecht uit. Ze zou zich dan echt het vijfde wiel aan de wagen voelen. Als hij erbij zou zijn, had ze iemand om tegenaan te kletsen en plezier mee te maken. Met Jesse kon ze altijd lachen.

Hannah gaf een roffel op zijn deur en liep door zonder antwoord af te wachten.

'Hoi Jesse.'

Hij hing lui op z'n bed een boek te lezen en keek verstoord op.

'Ook hoi,' reageerde hij weinig enthousiast, en trok gelijk z'n wenkbrauwen op toen Hannah de deur dichtduwde zonder er zelf achter te verdwijnen. 'Is er wat?' Hij was bezig en had géén behoefte aan gezelschap, zag ze. Hannah trok zich er niets van aan.

'Ik wilde je vra... oeps.' Ze struikelde bijna over z'n schoenen.

'Kasja is er niet, hoor,' zei Jesse. 'Ze komt pas aan het einde van de middag weer terug.' Die mededeling leek voldoende duidelijk, hij keek alweer in z'n boek.

'O. Nou ja, bel ik haar later. Ben je bezig?'

'Lijkt erop.' Hij sloeg demonstratief een bladzijde om.

'Wat lees je?' vroeg Hannah nieuwsgierig. Een leuk boek was altijd de moeite waard om te lenen. Dat scheelde weer een paar euro. Ze plofte naast hem neer en trok het uit z'n handen. 'Hé, heb ik ook gelezen. Het begin is vet raar, vind je niet, maar het wordt heel spannend. Waar ben je? Heb je het gedeelte al gehad dat hij...'

'Ho, mondje dicht, Hannah,' kwam Jesse direct tussendoor. 'Dat geintje heb je me eerder geflikt. Je gaat mij niet weer 'per ongeluk' vertellen hoe het afloopt.'

'Natuurlijk niet.' Ze grinnikte. 'Ik wil alleen maar vragen of je die mislukte poging om...'

'Hannah, doe nou niet,' onderbrak hij. 'Jij weet nooit van ophouden, brutaal nest. Geef nou maar hier.'

Ze had Jesse haar halve leven al geplaagd, net zoals haar eigen broers. Nu hield ze het boek achter haar rug. Hij greep haar arm en trok. Na alle jiujitsu lessen wist Hannah maar al te goed hoe je iemand juist niet moest vasthouden. Ze kon zich dan ook zonder moeite bevrijden.

'Ik ben lekker sneller,' zong ze, en had de grootste lol omdat ze hem te slim af was. Tot haar teleurstelling leek Jesse er gauw genoeg van te krijgen, maar Hannah ging door. 'Je kunt het toch niet pakken.'

'Je daagt me uit.'

Jesse wilde haar geen pijn doen, maar voelde opeens de drang om te winnen. Om Hannah te laten zien dat hij haar best aankon. Zonder polsen om te draaien of een ander gemeen trucje. Hij was misschien minder vlug, maar wel sterker. Hij moest niet langer naar het boek hengelen. Terwijl ze ermee zat te zwaaien, klemde hij Hannah met beide armen stevig vast en trok haar naast zich. 'Bingo.'

'Helemaal niet,' riep ze. Hannah probeerde alle kanten op te bewegen, maar Jesse deed even hard mee. Ze stopte het boek zo goed mogelijk weg. Het leek een verloren zaak toen hij begon te kietelen.

'Dat is niet eerlijk,' protesteerde Hannah giechelend.

'Ha, eigen schuld. Geef op.'

'Niet kietelen,' lachte ze. Jesse was aan de winnende hand en dat was niet de bedoeling. Ze probeerde hem weg te duwen.

'Je speelt vals.'

'Niks valsspelen. Voor ongehoorzame kinderen zoals jij, gelden strenge regels,' zei hij grijnzend. Hannah spartelde en schaterde het uit. Hij graaide onder haar rug. 'Hebbes.'

Jesse vond het boek... en nog een beetje meer. Zijn handen raakten haar warme huid en met zijn vingertoppen maakte hij een rondje. Ze lachten naar elkaar. Hij keek een beetje plagend, tekende nog een rondje en nog een. Ze lag zo dicht bij hem. Jesse besefte het opeens. Voelde hoe haar lijf tegen hem aan drukte. Onweerstaanbaar. Die zachtheid, de warmte. Zijn vingers bleven rondjes maken. Het was onvoorstelbaar om ermee op te houden.

Hannah wilde er een grapje over maken, maar de woorden raakten zoek. Zijn aanraking bracht iets ongekends teweeg.

Plotseling voelde het niet meer als een spelletje. Ook de uitdrukking op Jesses gezicht was veranderd. Eén ogenblik lagen ze elkaar roerloos aan te kijken, alsof het hen beiden verraste.

Zijn strelende vingers wonden haar op. Het vroeg naar meer, naar veel meer en het ging vanzelf... Misschien voelde het zo goed omdat hij Jesse was. Het onverwachts kwam. Of omdat ze gewoon nieuwsgierig was en wou.

"Doesn't matter where she is tonight
Or with whoever she spends her time..."

Donker, meeslepend. Het was het laatste wat Hannah nog verstond van de muziek, en heel duidelijk. Maar ze zou nooit kunnen zeggen wie begon. De zoen was er plotseling en weer. Kort, lang. Daarna verdronk ze erin, kwam er meer... Waren er handen die onder kleren zochten, betastten en streelden. De aarzeling verdween. Beiden voelden ze hun hunkering, elkaars opgewonden reacties. Het werkte zo aanstekelijk. Ze maakten ritsen en knopen los, makkelijke en moeilijke. Er kwam steeds meer vrij om naar te kijken. Om aan te raken.

Zo ver was ze nog nooit gegaan. Hannah besefte het amper. Het bleven onherkenbare, vormloze gedachtes die niet tot leven konden komen in haar hoofd. In deze tijdloze minuten was het denken opgelost in alle opwinding en bevrediging die ze voelde. Ze werd meegesleept onder zijn handen, door de druk van zijn lijf, de verzwelgende kussen. Het verlangen dat ze bij Jesse bemerkte wond haar enorm op. Stoppen bestond niet. Ook niet toen zijn vingers langzaam naar beneden gingen, actief waren of voorzichtig in haar gleden. Ze wilde alleen meer. De opwinding werd alleen maar groter.

Zijn huid was zo aangenaam om aan te raken. Nieuwsgierig en gretig ontdekte ze alles. Zijn lichaam was warm en hard. Ze had het nooit eerder bij een jongen gevoeld. Omsloten met haar handen, vol verwachting en met overgave. Beweeglijke vingers, die blijkbaar deden wat nodig was. De voldoening kwam snel in een gesmoord gemompel. Het werd warm en vochtig in haar handen. Er was een nieuwe geur die haar hart liet overslaan.

Nadat de stormachtige emoties wat waren weggeëbd werd Jesse een praktische jongen. Hij greep zijn T-shirt en veegde hun vingers droog.

Toen werd het heel stil. Ze lagen zwijgend naast elkaar. Alsof het hele gebeuren nu pas tot hen doordrong. Ze hadden geen tijd gehad voor verlegenheid of voor onzekerheid over hun aanrakingen. Ze wilden elkaar voelen, omdat de begeerte hen als een bedwelmende roes had overvallen.

Jemig nog aan toe, dacht Hannah en ze staarde naar het plafond. Er bestond tenminste weer een plafond. Muren met posters en een kast vol boeken. En nog meer cd's. Alles keurig op een rij. Behalve de schoolboeken met de bijbehorende schriften en mappen, die stonden schots en scheef. Haar ogen bleven rusten op de deur vol kaarten:

WATSKEBURT?, *Koekje erbij?*, *Morgen wEER?*, las Hannah uitermate sloom, *WAS het LEKKER?*.

Nou, dat waren absoluut geen moeilijke vragen, die kon ze toch nog vrij eenvoudig beantwoorden.

'*U bevindt zich hier*', hielp een kaart. Jazeker, dacht Hannah, *hier* lig ik dan, met een hand op mijn buik die niet van mij is. Hebben we 't zomaar bij elkaar gedaan. Jemig nog aan toe! Ahum, dat heb ik immers al gedacht. Ze kwam een beetje traag op gang na alle knallende gevoelens die ze zojuist had ervaren. Wat nu?

De gedachte tuimelde naar binnen en maakte haar volkomen helder. Daar had ze niet bij stilgestaan. Hoe kwam ze hier weg? En hoe moest ze verder? Ze schaamde zich opeens. Bij je vriendje kon je blijven liggen, maar dat was Jesse niet. Dit was *real life*. Hier was een ander antwoord nodig. Wat moest ze nu doen?

Het tolde in haar hoofd. *Christ*, wat nu? Hannah haalde diep adem. Voorzichtig, zodat niets aan haar zichtbaar bewoog en Jesse het niet zou horen. Zou ze hem in het vervolg nog wel kunnen plagen? Of gewoon een praatje met hem kunnen maken? De komende week moest ze maar niet bij Kasja langs. O god, dan was het vakantie! Ze kwam altijd in de vakantie... En daarna? Op school?

Hannah werd er vreselijk onrustig van. Mijn hemel, daar moest ze óók nog iets op bedenken. En eigenlijk, eigenlijk begon ze het een beetje koud te krijgen na al die hete opwinding. In zo weinig kleren. Ze kon niet ongemerkt haar spijkerbroek ophijsen en de andere zaken lagen op de grond naast het bed. Alles voelde plotseling erg bloot. Ze moest ongezien kunnen verdwijnen. Dat zou dus nooit lukken. Kon ze nu zomaar opstaan en 'de mazzel' zeggen?

Het regent in ieder geval niet meer, dacht Hannah verward. Daar was het haar om te doen geweest. Vreemd genoeg was het een beetje anders gelopen. O, wat moest ze nu? Ze moest iets zeggen, maar wat?

Op dat moment richtte Jesse zich half op. Hannah voelde haar wangen rood worden, maar ontweek zijn blik niet. Jesse maakte ook niet zo'n zelfverzekerde indruk, zag ze.

'Ik heb nog meer boeken die jij hebt gelezen en die óók heel spannend kunnen eindigen.'

'Is dat een uitnodiging?'

'Zo ongeveer,' zei hij, 'meer een uitdáging.'

'Je weet m'n nummer,' zei ze stoer. Hannah besloot dat alles voorbij was. Ze moest er niet langer over nadenken, dit was hét moment om te gaan. 'Ik moet eigenlijk naar de bieb.'

'De bieb?' herhaalde Jesse, alsof hij er nog nooit van had gehoord. Ze kreeg bijna een lachbui van de zenuwen.

'Ja, en ik heb het koud.'

'Dan moet je weer warm worden, lijkt me.'

Hij viste de paar kledingstukken op en legde die naast Hannah neer. Zijn hand gleed verder. Over haar arm, haar hals, naar haar gezicht. Eigenlijk wilde hij niet dat ze al wegging. Met de toppen van zijn vingers beroerde hij haar wang en trok een lijntje naar wat hij eens plagend 'twee handen vol rode roosjes' had genoemd. Het bracht een onbekende zachte uitdrukking op zijn gezicht. Hannah zag het met verbazing en voelde zich niet zo verlegen meer.

Jesse keek haar aan. Het was een wonderlijk moment. Zijn ogen glansden en waren veel donkerder van kleur door de vergrote pupillen. Er straalde zo'n warmte uit. Het was alsof ze alleen Hannah zagen en er niets anders meer op de wereld bestond dat belangrijk was.

Toen hij begon te praten, kon ze zich niet herinneren in al die jaren ooit deze wat onzekere klank in zijn stem te hebben gehoord. Ze smolt er helemaal van.

'Je bent...' begon Jesse aarzelend. Misschien was het vreselijk soft, maar hij moest het zeggen. Niet eerder had hij zoveel warm naakt gezien, naakt dat ook nog eens aanraakbaar was.

'Je huid is zo zacht, dat voelt geweldig en... Ik vind je zo mooi, Hannah.'

Nog steeds kon hij zien dat ze nooit topless in de zon lag. Wel bij hem! Die gedachte ontroerde hem enorm, zorgde voor een onbekend week gevoel. Hij gaf haar een kus. Het ging gewoon vanzelf. Hij kreeg er een kleur van, maar dat kon hem niets schelen. Alleen al om tegen Hannah aan te liggen of haar zachtjes aan te raken was zo fantastisch. Jesse vond het overweldigend, helemaal te gek.

Zouden ze nog een keer? Het zou misschien nooit weer zover komen en nu lag ze nog bij hem. Voorlopig zou er toch niemand thuiskomen. Het was zeker de moeite van het proberen waard, schatte Jesse in, want Hannah had haar kleren niet opgepakt. Als ze niet meer wilde, zou ze hem zonder pardon wegduwen. Daarvoor kende hij haar lang genoeg. Ze lag hem nog steeds zwijgend aan te kijken, maar met een blik waarvan hij zo onrustig werd. Hitsig. Hij verlangde ernaar om haar handen weer te voelen. Dat was super geweest. Zou Hannah willen?

Er was maar één manier om daar achter te komen, want vragen durfde hij niet. Met al die opwinding in zijn lijf viel hij natuurlijk gelijk door de mand. Wat zenuwachtig legde Jesse zijn arm om haar heen en kroop dicht tegen Hannah aan. Hij voelde haar kippenvel, maar geen weerstand...

10

Hannah dwong zichzelf om naar de bibliotheek te fietsen. In een droge jas en met droge schoenen. Met trillende knieën betaalde ze de boete, maar ze was niet in staat een ander boek uit te kiezen.

Op haar kamer stortte ze neer op het bed. Met haar hoofd in het kussen. Dit kon ze nooit weer doen. Nooit weer! Waarom was het gebeurd? Ze was niet eens op hem! Maar die handen, die mond en die vingers, daar was ze wel op. Dat merkte ze zodra ze eraan dacht. Zulke goeie tongzoenen had ze ook nog niet eerder meegemaakt. Jesse had duidelijk talent.

Het was allemaal verbazend lekker geweest. Maar waarom had ze zo compleet de wereld vergeten? Bij eerdere vriendjes was dat nooit helemaal het geval geweest. Op een of andere manier had ze altijd nog na kunnen denken. Vanmiddag waren haar handen overal naartoe gegleden. Zomaar.

Misschien nog één keertje, dacht Hannah, drie keer is scheepsrecht. Het verlangen was er voor ze er erg in had. Nee, nee, kom op, zeg! Ze riep zichzelf tot de orde. Dat kon ze niet maken. Maar als het nou toevállig gebeurt, dacht ze nog stiekem, zoals vanmiddag.

Hannah rook hem nog, zag zijn ogen, hoorde zijn ademhaling, zijn gekreun. Alles leidde af en ze moest er steeds opnieuw aan denken. Hij was heel lief geweest. Telkens voelde ze de aangename hete spanning door haar lijf trekken. Ze was ook een beetje trots, omdat ze niet de enige was die het zo lekker had gevonden.

Lang zat Hannah met nietsziende ogen voor zich uit te staren. In haar hoofd doken talloze herinneringen op. Allemaal momenten met Jesse waarin ze nooit had vermoed dat ze eens bij hem de wereld zou vergeten. Ze zuchtte, glimlachte, zuchtte... Haar gedachten gleden telkens terug naar de minuten die ze met Jesse had doorgebracht. Dit werd niks, zo kwam ze nergens toe.

Hannah stond langzaam op. Ze moest douchen en afstand doen van de geuren die ze bij elke beweging opving. In elke druppel zou ze een herinnering wegspoelen. Dat was het beste. Het was afgelopen. Ze liep naar de badkamer en stapte uit haar kleren. Het water stroomde over Hannah's gezicht, langs haar lichaam. De ruimte werd warm, vochtig en dampig. De grote spiegel besloeg. Ze stond roerloos, met de armen om zich heen geslagen en kon er niet toe komen de kraan dicht te draaien...

Aan het einde van de middag belde ze Kasja op haar mobiel, maar Jesse nam op. Dat overviel Hannah. Al haar voorgenomen onverschilligheid en coole houdingen die ze voor de spiegel had geoefend, waren ver te zoeken. Alsof het bliksemde vanbinnen. Ze werd er helemaal zenuwachtig en trillerig van. Eigen schuld, dacht ze, had ik maar nooit dat boek moeten pakken. Had ik maar niet moeten blijven om te plagen. Had ik maar is altijd voorbij.

Twee keer! De tweede keer was al iets minder toevallig geweest. Op het moment dat ze opnieuw zijn mond en zijn strelende vingers voelde was het weer zo spannend. Was ze de kou vergeten en wilde ze hem ook aanraken. Voelen. Zoenen. Daar was niks 'per ongeluks' aan.

'Met mij,' zei ze onzeker. 'Is Kasja al thuis?'

'Gaat het goed met jou, Hannah?'

Hij sprak altijd haar naam uit, ook toen hij... O, mijn god, ze stond alweer in brand. Ze voelde de prikkelende golven, slikte en bloosde.

'Hannah?' Het klonk wat bezorgd.

Ze knikte, maar dat was eigenlijk geen geschikt antwoord voor een telefoon.

'Ja.'

'Dat vind ik heel fijn om te horen. Met mij gaat het ook uitstekend. Kasja zit hier naast me,' zei hij onverstoorbaar. 'Zij wil natuurlijk met je praten, maar dat wil ik ook en ik wou je nog zeggen...'

Jesse probeerde Kasja blijkbaar op afstand te houden, want ze hoorde een hoop gekraak, een kreet en daarna de stem van haar vriendin.

'Hoi, hij zit weer te ouwehoeren zoals je merkt. Ik heb je sms gelezen en ik kan. Hoe laat zullen we gaan?'

Ze maakten een afspraak voor de bios. Die avond was het een beetje moeilijk om Kasja aan te kijken. Hoewel Hannah zich op een of andere manier een stuk volwassener voelde, want nu hoorde ze erbij! Ze had ontdekt hoe lekker seks kon zijn, ook al hadden ze niet alles gedaan. Maar toch had ze het gevoel dat ze Kasja een beetje verraadde.

In de vakanties bleef ze altijd bij haar vriendin slapen. Nu deed ze dat niet. Een paar meter verder lag Jesse in zijn bed. Die gedachte had Hannah nooit eerder rusteloos en fantasievol gemaakt. Overdag bij Kasja thuis was ze gespitst op elk geluid uit zijn kamer, maar het bleef meestal stil. Volgens Kasja werkte Jesse ook halve dagen. Hij liet zich niet zien in die herfstvakantie. Hannah had niet de moed om naar hem toe te gaan als hij er was, en meed de supermarkt waar hij zijn onregelmatige uren draaide. Ze zou daar geen banaan kunnen kopen zonder bijgedachten. Honderd keer per dag vroeg ze zich af hoe ze in het vervolg met elkaar moesten omgaan en 's nachts ontwaakte ze uit warme dromen.

Op school kwam ze Jesse natuurlijk direct de eerste ochtend al tegen. Het was een onzeker en tegelijk ook erg spannend moment om hem voorbij te lopen in de gang. Ze keken elkaar vluchtig aan en zeiden niets. Hannah bloosde diep, vergat te ademen en wendde daarna snel haar blik op de punten van haar laarsjes. Haar hoofd was blanco. Het brandde binnenin. Ze voelde precies waar hij was geweest met zijn vingers en kreeg er hartkloppingen van. Diezelfde dag na schooltijd ontving ze zijn sms'je:

FF ZNN¿

Hannah had zich echt voorgenomen het bij die ene keer te laten. Vijf minuten lang probeerde ze een even luchtig antwoord te verzinnen. Probeerde ze alle opwinding die ze gelijk voelde te onderdrukken en *die ene middag* te vergeten. Toen rende ze naar de badkamer en draaide de kraan open. Nog geen kwartier later kwam ze buiten adem zijn kamer binnen. De hele weg had ze aan niets willen denken. Dat was niet gelukt. *We gaan het doen voor de derde keer, we gaan het doen voor de derde keer...* De versnelling van haar fiets had opeens een liedje getikt.

'Hoi... Jesse.' Hannah kreeg het nauwelijks voor elkaar om de woorden uit te spreken. Het bijzondere van hun afspraakje bracht een enorm vreemde spanning mee.

'Hannah.'

Jesse stond zwijgend voor haar. Ze was gekomen! Hij voelde zich verschrikkelijk opgelucht, maar ook een beetje verlegen en stak aarzelend zijn hand uit.

'Je bent er.'

Langzaam trok hij de rits van haar jas naar beneden. Je wist nooit of ze zich toch nog zou bedenken, dan stond hij mooi voor joker. Maar Hannah stond te zweven op haar benen. Ze volgde de beweging van zijn vingers. Die zouden straks over haar lichaam glijden, zoals die ene middag. Alleen al van die spannende gedachte kreeg ze ontzettende zin en die baande zich een weg dwars door haar zenuwachtige kriebels heen. Ze wilden allebei!

'Ik kon het ook niet vergeten,' zei ze.

En toen lagen zijn handen om haar gezicht, kreeg ze een kus die alle herinneringen overbodig maakte. Waren ze onherroepelijk verloren. Hannah besefte dat ze nooit 'nee' zou zeggen tegen het sms'je. Dat ze van nu af aan dezelfde vraag naar Jesse zou durven sturen, al was ze niet op hem...

'Je rits zit vast.'

'Dat gebeurt de laatste tijd vaak. Maar nooit eerder in zo'n situatie.' Ze giechelde en liet de jas langs haar benen op de grond glijden. 'Probleem opgelost. Wacht.'

Ze stond op één been te balanceren om ook maar gelijk haar laarsjes uit te sjorren. Jesse stapte over Hannah's jas heen. Deze keer draaide hij de deur op slot. Ze hadden meer dan een uur samen en in veel minder tijd kon je aardig wat ontdekken. Dat was de vorige keer wel gebleken. Zijn handen beefden. Hij voelde zich knap zenuwachtig, maar hij had zo'n zin in haar.

In de weken die volgden ontstonden er opeens meer van die momenten. Bijna altijd onverwachts en meestal kort, maar heftig en aangenaam. Hannah vond zichzelf een beetje zwak, omdat ze geen weerstand wilde bieden aan alle heerlijke gewaarwordingen, aan haar nieuwsgierigheid. Prettig zwak, dacht ze inmiddels vergoelijkend.

Haar vriendinnen vertelde ze niets over de keren die ze samen doorbrachten. Dat kon niet, hij was Kasja's broer! Ze gingen niet eens met elkaar. Misschien begrepen zij ook niet dat ze het niet konden laten om elkaar het sms'je te sturen. De spanning te voelen. Maar vooral omdat het met Jesse was, durfde Hannah niets te zeggen...

11

Tijdens de Kunstmaand gingen ze naar Ameland. Met z'n zessen. Kasja's vader hadden ze zo gek gekregen om hen 's ochtends vroeg naar Holwerd te rijden. Er waren nog behoorlijk veel passagiers op de boot. Allemaal discussiërende cultuurminnaars, volgens Sanne. Samen met Jonas had ze in de rij gestaan om thee en koffie te halen. De anderen zaten gapend te wachten. De Waddenzee leek een kalme grauwe vlakte, waarin de gekleurde en genummerde boeien die de vaargeul aangaven, de enige vrolijke noot vormden. Vlak bij het eiland maakte de boot een scherpe bocht naar rechts en draaide daarna bij naar links, om te kunnen afmeren in de haven van Nes.

Met elkaar waren ze via Ballum naar Hollum gefietst en hadden op verscheidene adressen de tentoongestelde kunst bewonderd. In alle dorpen op het eiland was wat te vinden. Voor deze gelegenheid werden naast een galerie of een museum ook het gemeentehuis, hotels en kerken gebruikt. Hannah verbaasde zich dat er op zo'n geringe oppervlakte weer ruimte bleek te zijn voor verschillende geloven.

De kerken waren klein, oud en doorgaans sober. Een aantal rook muf. Maar er was altijd wel iemand aanwezig die bereidwillig extra informatie verschafte. Sommige schilderijen, glaskunst en geweven kleden waren verrassend mooi, maar niet alles sprak hen aan. Kasja, Sanne en Hannah verzamelden zoveel mogelijk interessante folders. *Ameland-Kunstmaand* hadden ze als de CKV opdracht gekozen die voor de kerstvakantie ingeleverd moest worden.

De galerie die ze nu binnenliepen was ruim en licht.

'Hé, wat toevallig,' zei Kasja verbaasd. Op een van de witte muren hing iets bekends.

'Kijk daar eens. We hebben nog gezien dat de kunstenares eraan werkte. Aan het Wad, weten jullie nog?'

Hannah bleef midden in een zin steken. Ze zag het spel van lucht en water. Verschuivende grenzen in blauw en wit. Er hingen diverse schilderijen van de kunstenares. Het waren variaties op hetzelfde thema.

De vrouw met de vissenogen: '*Verschuivende grenzen. Vergeet dat niet, meisje. Nooit.*' had ze gefluisterd. De woorden hadden bijna als een waarschuwing geklonken. Een vreemde kilte bracht de boodschap mee. Hannah voelde opeens een duwtje in de holte van haar knieën. De stem van Jesse was vlakbij.

'Gaat het goed met jou?'

'Ja, ja.' Hannah zuchtte diep. 'Ik was in gedachten.'

'Je wordt hier niet door afleidende kleuren overspoeld, dat is waar,' zei hij vrolijk. 'Maar je kunt nog op zoek gaan naar het einde in de eindeloosheid. Alles vloeit in elkaar over. Je ziet amper waar wat begint of ophoudt.'

Ze bekeken alle kunstwerken en slenterden door naar het tweede, wat kleinere vertrek. Hier stonden voornamelijk beelden. Gesneden uit hout of gegoten in brons. Hannah was weg van de bronzen beelden en de vreemde onrust die ze had gevoeld bij de schilderijen verdween een beetje. Het kwam alleen door de herinnering aan die blik, wist ze. De blik uit die bleke ogen had haar een raar gevoel bezorgd. Achter een tafel bleek de kunstenaar van de houten beelden te zitten. Hij verkocht ansichtkaarten van zijn werk en beantwoordde vragen. Sanne maakte aantekeningen, zag Hannah, dan kon zij even snel naar het toilet.

Achter een van de deuren op de gang jankte zachtjes een hond. Hannah was dol op honden en moest altijd iets terugzeggen. Nadat hun oude lobbes twee jaar geleden was doodgegaan, had haar moeder geen nieuwe willen nemen. Jammer, dacht ze voor de duizendste keer, al moest ze telkens gniffelen wanneer ze zich de hoeveelheid smoezen herinnerde die ze had verzonnen om haar 'hondenuitlaatbeurt' in de maag van haar moeder te splitsen.

'O, zielepoot, ben je alleen? Arm beest.' De deur werd geopend en de hond schoot door de kier op haar af. Hannah aaide hem en hield z'n halsband vast. Het was vast niet de bedoeling dat het beestje vrolijk kwispelend tussen de beelden door zou rennen.

'Gelukkig, je hebt hem gevangen.'

Hannah wist het al nog voor ze opkeek. De mevrouw met de vissenogen glimlachte en duwde de hond terug in de kamer. 'Dankjewel voor je hulp. Zeg, wij hebben elkaar eerder ontmoet.' Ze stak haar hand al uit.

Met tegenzin legde Hannah die van haar erin. Ook deze keer voelde ze zich niet echt op haar gemak. De vrouw bleef haar hand vasthouden en pakte ongevraagd de andere. Ze liet langzaam haar wijsvinger over de lijnen in Hannah's linkerhand glijden en stond er vol belangstelling naar te kijken.

'Prachtig, prachtig,' mompelde ze. Ze leek er niet genoeg van te krijgen. 'Mag ik?'

'Dat is de hoofdlijn, de levenslijn en de saturnuslijn. Ze vormen de glazen bol van het moment,' begon de vrouw zacht. Wat zullen we nou krijgen, dacht Hannah, uit pure verbazing bleef ze staan.

'Aan de binnenkant toon jij jezelf, je kwetsbaarheid. Je hebt mooie lijnen. Opvallend. Ik heb zelden zulke prachtige lijnen gezien. Ze tonen je hartstocht en je kracht. Je keuze om vrij en niet afhankelijk te zijn. Maar je bent vurig... Heb je gekozen, dan geef jij je helemaal. Kolken emoties naar buiten als water dat de vrijheid vindt,' fluisterde ze. 'Maar lijnen kunnen veranderen.'

De kale gang waarin ze stonden kreeg iets eindeloos en hols. Hannah onderging als in een trance de meeslepende fluistering van woorden. Ze was niet in staat haar handen los te trekken. Het was een onbehaaglijk ogenblik, dat tegelijk vol onweerstaanbare spanning zat. Een hypnotiserende kracht, die haar weerloos leek te maken. Haar oren begonnen te suizen.

'Er kunnen breuken in ontstaan... Ja, ja...' De vrouw schokte opeens, alsof iemand haar onverwachts een duwtje naar achteren gaf. 'Dit is niet zomaar... Je bent geraakt, meisje, de verandering is verstrekkend. Nee, nee, de lijnen liegen niet...'

Jesses lach uit het naastgelegen vertrek verbrak de spanning. Opeens lukte het Hannah haar handen los te maken. Ze voelde het kippenvel op haar lichaam staan, tot boven op haar hoofd.

'Ik moet naar het toilet.' Ze liep door en sloot snel de deur achter zich. Gek genoeg voelde ze de tranen in haar ogen prikken en een trillende zucht ontsnapte aan haar keel.

'Ik heb het even helemaal gehad,' mompelde Hannah. Ze waste uitgebreid haar handen. Omzichtig gluurde ze de gang in, maar de vrouw was gelukkig verdwenen. De merkwaardige ontmoeting wilde Hannah het liefst laten wegwaaien en ze rende naar de aangrenzende zaal.

'Hé, zullen we naar de vuurtoren en naar het strand?'

Kasja keek op. 'We zijn nog niet klaar. Er is hier immers nog een adres en Nes hebben we overgeslagen, omdat we wilden eindigen bij de haven. Laten we daar eerst kijken en daarna eh pootjebaden.'

Sanne aarzelde ook, merkte Hannah. Die wilde natuurlijk zoveel mogelijk informatie voor het CKV-werkstuk verzamelen, dan hoefde ze thuis minder te doen.

'Puik idee, ik ga mee,' verbrak Jesse de stilte. 'Dan fietsen Hannah en ik met z'n tweeën terug. Zien we jullie straks in Nes, om daar verder te gaan.'

'Vind je dat niet vervelend?' fluisterde Kasja.

'Je hoeft het niet te doen,' zei Hannah voor de vorm.

'Geen punt. Het is droog en er schijnt zoiets als een zonnetje. Niet slecht voor een stranddag in november.'

'Bedankt, aardig van je,' zei ze overdreven, en trok Jesse gelijk mee. 'Doei allemaal, *see you.*'

Ze fietsten in de richting van de duinen. De onbemande vuurtoren was gesloten voor het publiek. Dat vonden ze jammer. Het had hen wel wat geleken om naar boven te klimmen. Je zou er vast een prachtig uitzicht over het hele eiland hebben.

'Zullen we even langs het water?'

'Ja, leuk,' zei Jesse. 'Een wandeling met jou is beter dan al die schilderijen. Kasja informeerde vanochtend nog of ik écht mee wilde.'

'Je hebt een bezorgde zus. Ze vertelde dat je eerst had afgegeven op de Kunstmaand, niet te zuinig ook. Na de herfstvakantie dacht je er plotseling anders over.' Er verschenen kuiltjes in Hannah's wangen. 'Verklaar dat maar eens aan iemand met wie je al jaren onder een dak woont. En nu denkt ze dat wij met elkaar zitten opgescheept. Je moet wat vaker tegen me glimlachen.'

Terwijl ze praatten, liepen ze flink door. Het voelde bevrijdend na dat geslenter door kerken en tientallen gangen. 'Ik ben die ene kunstenares weer tegengekomen,' zei Hannah opeens. 'Die van die blauwwitte schilderijen.'

'Waarvan jij heel ernstig ging kijken.'

'Ja, en die vrouw las mijn handen. Best *creepy*. Het mens hield zomaar mijn handen vast en stak een heel verhaal tegen me af.' Hannah staarde naar de palm van haar hand en fronste haar voorhoofd. 'Koffiedik, abracadabra volgens mij. Heb jij haar nog gezien?'

'Nee, die beeldhouwer zat er alleen.' Jesse greep Hannah's hand. Met zijn vinger trok hij de lijnen aan de binnenkant na. 'Wauw, dat is nog eens magie. Inderdaad. Van verleden naar toekomst. Er valt een hoop te zien.'

'Hoezo? Wat weet jij nou van handleeskunde? Kijk niet zo vet serieus.'

Jesse boog zich opnieuw over de lijnen. 'Ik moet het toegeven...'

'Wat?' vroeg Hannah.

'Ik kan geen enkel leugentje ontdekken,' zei hij, en drukte een kus op haar hand. Ze keek toch wat ongerust. Hij sloeg een arm om haar heen. 'Kom op, Hannah, niet piekeren. We lopen de zee in en alle duistere gevoelens waaien weg.'

'Ben je gek? Dat is steenkoud.'

'Niet als we op die pier blijven. Ruik eens.'

Zo rook de vrijheid. Inderdaad, ze ging niet lopen piekeren. Jesse was bij haar. Dat was tof. Ze liepen tot aan het uiterste puntje. Hand in hand stonden ze naar de grijze zee te kijken en het verlaten strand in zich op te nemen. De golven waren vrij kalm. Enkele meeuwen bleven onverstoorbaar tussen de basaltblokken pikken op zoek naar eten.

'Het is raar, maar meeuwen vind ik bijna asociaal kijken,' zei Hannah. 'Alsof ze zich boven de mensen verheven voelen. Bij merels denk ik dat nooit. Die vind ik iets verontschuldigends en liefs hebben. Gek eigenlijk, dat zoveel dingen die je ziet voor een bepaald gevoel kunnen zorgen.'

'Ja, meestal krijg je gelijk associaties.' Jesse glimlachte stilletjes. Ze leunde tegen hem aan en hij voelde Hannah's haren kriebelen. Hij dacht aan de keer dat ze bij hem op de fiets had gezeten. Er was zoveel veranderd.

'En soms word je daar heel gelukkig van,' zei hij.

'Ja, dat zijn de betere.'

Ze liepen langzaam terug en stapten over de vale plukken schuim die op het natte zand achterbleven. Hannah sprong opzij voor een golfje. Ze wilde per se vlak langs de zee, want een sprongetje op z'n tijd gaf een vrolijk gevoel.

'Toch doen al die kleine dorpjes een beetje kneuterig aan op een kale herfstdag,' vond ze.

'Misschien voel jij je alleen een bruisende waddennimf in de zomer. Als het volloopt met toeristen en het warm is.'

'Ik denk het. Dan barst het eiland vast uit z'n voegen van de sfeer. Nu valt er weinig te beleven.'

'Hannah, ik had niet verwacht die jammerklacht nog eens van jou te horen. Zo'n maffe meid als jij!' Jesse grinnikte. 'Jij weet er toch overal wat van te maken.'

'Inderdaad, laten we gaan jutten tussen het wier. Of schelpjes verzamelen en kijken wie de grootste heeft. Ik ben een beetje ingezakt,' gaf ze toe. 'Doorgaans heeft mijn creativiteit de overhand.'

'Massa's associaties,' zei Jesse.

Ze keken elkaar aan. Hannah zag een heel andere blik in zijn ogen dan tussen de schilderijen. Aan de gezapigheid van een uitgestorven eiland kon ze misschien toch iets doen.

'Aha, ik zie het al, er ontstaan brutale gedachtes,' concludeerde Jesse.

Hannah bloosde, want het leek haar opeens razend spannend om hem aan te raken op het strand.

'Mijn lippen smaken zout,' begon ze uitnodigend. Hij reageerde precies zoals ze had gehoopt.

'Laat eens proeven.'

Hannah stond al voor hem. Jesse was de beste zoener die ze ooit had gehad. Daarvoor nam ze alle tijd. Totdat de uitlopers van de golfjes hun voeten bereikten.

'De zeezoen was top. Ik wil nog een. Bij de duinen is het droog. Wie wint, mag een wens doen.'

Ze begon meteen te rennen. Verderop vertraagde het mullere zand het tempo aanzienlijk en ze probeerde Jesse tegen te houden. Hannah verloor haar voorsprong volledig doordat ze de slappe lach kreeg.

'Nu een duinzoen,' zei ze, toen ze weer in staat was normaal adem te halen. 'Kun je die ook zo goed? Je jas even opendoen, Jesse. Anders zit er zoveel Gaastra tussen.'

Haar glazige blik liet weten dat de duinzoenen zeker net zo geslaagd waren. Alle ruimte om hen heen verdween. Het gekrijs van de meeuwen, het eeuwige geruis van de zee. Er bleef alleen een warme cirkel over. Waarin ze veilig was. Aan niets hoefde te denken. Hannah streelde teder zijn rug, zijn buik.

'Jij hebt dik gewonnen. Wat gaan we doen?'

Hij fluisterde de wens in haar oor.

'Geweldig idee,' fluisterde ze terug, 'en ik kan je een heel bijzondere vertellen, met gebarentaal. Er was eens een prinsesje...'

'Cool, mijn favoriete sprookje,' zei Jesse.

Van alle afspraken die hij ooit met meisjes had gemaakt, waren die met Hannah de merkwaardigste. Maar ze waren ook zonder twijfel de allerbeste geworden. Daar hoefde hij geen seconde over na te denken.

12

Na de herfstvakantie had hij haar bloednerveus het sms'je gestuurd. Terwijl hij een blozende Hannah voorbij was gelopen op school, had de opwinding hem opnieuw als een dolkstoot getroffen en die had groeiende gevolgen. Tot zijn grote opluchting had hij z'n jas over zijn arm hangen, zodat gelukkig de meest opvallende verandering verborgen kon blijven.

In de resterende lesuren waren de polyfosfaatesters en het biologisch effect van ioniserende straling niet aan hem besteed. Jesse kon nergens anders meer aan denken, dan aan die ene middag die een volkomen verrassende wending had genomen. Toen hij Hannah sprak op Kasja's mobiel was het makkelijk geweest. Hij zweefde nog, had zich nog een held gevoeld, een superminnaar. Hij was immers niet de enige die het geweldig had gevonden!

Maar de hele vakantie had hij haar gemeden uit verlegenheid en onzekerheid over de houding die hij tegenover Hannah zou moeten aannemen. Als haar lach vanuit Kasja's kamer tot de zijne doordrong was hij gelijk weer gevloerd. Lag hij k.o. op zijn bed naar het plafond te staren. Voelde hij haar warme, zachte lichaam tegen zich aan. Hannah's handen die overal herinneringen hadden achtergelaten. Zag hij haar borsten die hij had gestreeld, en gekust toen hij eenmaal durfde.

Hoe zou hij ooit nog de Hannah van vóór die keer kunnen terugvinden? Hoe kon hij al die opwinding en begeerte vergeten die hij had gevoeld? Die zomaar mocht! Jesse had niet eerder meegemaakt dat alle aanrakingen probleemloos konden verlopen, en dat ze werden beantwoord. Zo kon het dus ook. Super vond hij dat.

De tweede keer waren ze nog enthousiaster geweest. Alsof ze beiden verwachtten dat het nooit weer zou gebeuren. Er was sindsdien geen uur voorbij gegaan of Jesse had eraan moeten denken. Als hij zich voorstelde hoe ze álles zouden uitproberen, kon hij helemaal niet meer slapen.

Uiteindelijk waagde Jesse de gok met het sms'je. Hij voelde zich ongekend kwetsbaar en over de tekst had hij zeker een uur nagedacht. In de paar minuten waarin hij eindeloos wachtte op het antwoord wankelde zijn wereld. Het enige waar Jesse niet aan twijfelde, was dat Hannah niet keihard 'nooit meer' zou zeggen. Ze zou een weigering altijd verpakken in een grapje om het hen beiden makkelijker te maken. Toch zou hij zich rot geschaamd hebben, omdat hij de eerste en hopeloze stap had gezet.

Het bleek de allerbeste gok van zijn leven te worden, en Nobelprijs waardig, vond Jesse inmiddels. Want ze was bij hem gekomen.

'Ik kon het ook niet vergeten,' had Hannah gezegd, en zijn aanvankelijke verlegenheid verdween als sneeuw voor de zon. Zij wilde ook, Hannah had er ook zin in. Ze verlangde ook naar hem! Hij keek niet te lang in haar ogen, bang dat Hannah zijn hoop en verwarring ontdekte. Alle emotie en opluchting die hij voelde, landde in de kus die hij haar gaf.

'Jij zoent mij de hemel in, wil je dat wel geloven? Hoe doe

je dat?' Aan het einde van hun sms- afspraakje had Hannah het verbaasd gezegd.

Die opmerking had hij een reuze compliment gevonden. Maar hoe, dat wist Jesse ook niet precies. Hij merkte aan Hannah dat ze het lekker vond. Ze raakte al vreselijk opgewonden van uitgebreid zoenen en strelen. Misschien viel het hem op, omdat hij niet zo gefocust was op het scoren zoals bij eerdere meisjes. Hij mocht immers aan Hannah komen en die zekerheid bracht een nieuwe wellust en nieuwsgierigheid mee.

Haar hitsigheid was erg aanstekelijk. Al durfde Jesse in het begin niet gelijk door te stomen, leek hij met zijn voorzichtige strelingen Hannah's verlangen juist heftiger te maken en voelde hij naast de enorme opwinding opeens ook de macht. Hannah was altijd een bijdehandje, maar de kussen en zijn handen brachten haar in een roes. Hij zorgde voor de eb en vloed. Ze was zijn marionet en dat gaf een verrassende kick. Daarom had Jesse ook op haar gelet. Als Hannah hem gelijk zou hebben gestreeld toen hij haar borsten aanraakte, was het zeker bij dertig seconden gebleven. Het zou een volkomen ander begin zijn geweest. Dat vertelde hij maar niet.

Later bekeek Jesse zichzelf. Zijn handen, zijn mond en stak voor de spiegel zijn tong uit. Alles werkte prima, maar hij zag niks ongewoons dat de zaak verder kon verklaren. Na de middag van het sms'je hadden ze geen last meer van verlegenheid of schaamte bij het afscheid nemen. Ze hadden een grens afgesproken, maar alles daarvoor leerden ze bij elkaar ontdekken. Dat vond Jesse niet verkeerd, en veel meer dan hij had verwacht. Het leek opeens zo eenvoudig met Hannah. Daar had hij graag de tijd voor over! En dan vindt ze me nog goed ook, dacht hij trots.

Hij vroeg zich niet langer af waar hij dat bijzondere geluk aan te danken had. Jesse besloot er van te genieten zolang het duurde.

13

'Wat is er toch met jou?'
Kasja keek Hannah wat onzeker aan. Ze liep al langer
rond met die vraag. Maar na het sinterklaasfeest was ze
echt overtuigd dat er iets aan de hand was. Hannah zat
elk jaar vol met gekke ideeën, maar deze keer was ze gewoon tam geweest. Ze vond elk voorstel van Sanne en
haar gelijk 'prima' en kwam nooit met een betere. Dat
was niets voor Hannah. Met 'sorry, ik denk nu eenmaal
kritisch creatief' verzachtte ze meestal haar in principe
goedbedoelde opmerkingen. Misschien was Hannah verliefd, dat leek de minst serieuze van mogelijke problemen.
Hannah werd vaak verliefd en even vaak waaide dat over,
daar deed ze nooit geheimzinnig over. De enige keer dat
ze het moeilijker had gehad was ze op Michail en hij niet
op haar.
'Met mij? Niets. Hoezo?'
'Ik hoor al tijden geen nieuwe gekke namen van Grote
Liefdes,' gokte Kasja.
Hannah schrok en liet per ongeluk haar glas vallen. Zou
Kasja iets gemerkt hebben? Haar vingers trilden zo, dat ze
zich sneed bij het oprapen van de scherven.

'Spoel maar schoon in de badkamer,' zei Kasja, 'dan haal ik een pleister voor je.'

'Wie is de brokkenpiloot?' vroeg Jesse, die het gerinkel had gehoord. Hij stond in z'n kamer tegen de deurpost geleund.

'Hannah heeft zich gesneden.'

'Het is gelukkig je linkerhand,' zei hij en Hannah bloosde.

'Nou ja, zeg, weet je niets beters te zeggen?' mopperde Kasja, terwijl ze de trap afliep.

'Nu heeft ze tenminste geen last bij het schrijven.'

'Dat is nog eens een troost.'

'Voor mij wel.' Hij liep achter Hannah aan en zag over haar schouder hoe het water een roze kleur kreeg. Ze keken elkaar aan in de spiegel. Het was opeens spannend.

'Als je knippert ben je van mij,' fluisterde Jesse. Hij begon zachtjes haar armen te strelen. Ze hield haar blik strak op hem gericht, maar dat werd steeds moeilijker. Haar ogen deden er zeer van. 'Da's pech hebben, Hannah.'

Ze voelde zijn handen onder haar trui, zijn lijf tegen zich aan. Verwachtingsvolle spanning vlamde op. Kasja liep in de gang, op de trap, kwam dichterbij. Op het allerlaatste deed hij een stap terug.

'Hier is je pleister.'

'Zal tijd worden,' merkte Jesse op. 'Wij staan ons hier knap te vervelen.'

'Dat is jouw probleem,' zei Kasja. Hij stond daar maar heen en weer te wiebelen naast Hannah, met z'n handen in z'n zakken. Er was iets raars.

'Wat sta je hier te staan. Ga iemand anders lastig vallen met je grapjes.'

'Het bloedt niet zo erg meer,' zei Hannah vlug, ze keek haar niet aan. 'Dank je.'

Terug op haar kamer begon Kasja over iets anders te praten,

waar ze vol van was. Haar ouders wilden naar de tentoonstelling in het Singer Museum in Laren, en zij en Michail konden meerijden naar Utrecht. Ze gingen cadeautjes voor Kerst uitzoeken en 's avonds met z'n vieren uit eten in een van de restaurants aan het water.

'Wat leuk,' zei Hannah. 'Wanneer?'

'Zaterdag.'

'Zaterdag,' herhaalde ze afwezig.

Kasja trok haar wenkbrauwen op. Daar had je het weer. Hannah was er gewoon niet bij. Ze reageerde wel, maar het leek alsof ze tegelijk honderd andere gedachten had. Soms kon ze vreemd ontwijkend zijn, dat deed ze vroeger nooit. Er was wél iets met haar aan de hand. Zocht Hannah een speciale gelegenheid om te praten? Het was al een paar keer gebeurd dat ze langs was gekomen en Kasja niet thuis was, omdat die iets met Michail had afgesproken.

Vorige week was er ook nog zo'n merkwaardig moment, dacht Kasja. Toen ik een rekenmachine van Jesse wou lenen. Ze was zijn kamer binnengelopen en had een vertrouwde lucht op gesnoven.

'Hé, is Hannah hier geweest?' had ze verbaasd gevraagd, want Jesse had niets gezegd.

'Waarom denk je dat?' vroeg hij met een wantrouwende uitdrukking op z'n gezicht.

'Het ruikt hier naar Hannah. Naar het geurtje dat ik Hannah voor haar verjaardag heb gegeven. Nou, ja of nee?'

'Ja, jij was juist weg, geloof ik. Ik vergat het te zeggen, want er was niets belangrijks. Hannah kwam zomaar langs, voor eh de gezelligheid.'

Jesse had gelijk z'n blik afgewend en daardoor vond Kasja hem niet erg geloofwaardig.

'Je zegt dat op zo'n speciale manier. Had je weer een aanval van bizarre humor?' vroeg ze achterdochtig.

'Helemaal niet, ik ben zelfs bijzonder aardig voor Hannah geweest,' zei hij nadrukkelijk. 'De ontmoeting was een hoogtepunt in ons leven.'

'Wat zijn we toch lekker ironisch,' had Kasja geantwoord. Bij haar broer was de onverstoorbare grijns op zijn gezicht verschenen.

En gisteren had ze Hannah boven aangetroffen. Ze stond blijkbaar vrolijk met Jesse te praten, want Kasja hoorde haar lachen. Op haar 'hallo' volgde een stilte voordat Jesse bovenaan de trap verscheen.

'Wat ben je vroeg, Kas,' riep hij.

'Wat een timing. Ik ben er net, hoor.' Hannah's woorden buitelden over die van Jesse heen, terwijl ze haar jas half aantrok en daarna weer uitdeed. Ze keek alsof ze zich niet helemaal op haar gemak voelde.

'Sorry, ik moet betere afspraken met je maken,' had Kasja gezegd. 'Mijn schuld.'

Zij had Michail en Sanne was vaker bij Jonas. Misschien voelde Hannah zich alleen. Het was niet Kasja's bedoeling om haar in de steek te laten, maar een zaterdag naar Utrecht met Michail betekende dat ze weer geen tijd voor Hannah zou hebben.

'Je kunt best met ons mee naar Utrecht, als je daar zin in hebt,' bood ze daarom aan.

'O nee, dat hoeft niet. Ga gezellig met Michail, dat is veel leuker voor jullie.' Het klonk lief en oprecht. 'Doen we na het weekend weer eens wat samen.'

'Weet je 't zeker?'

'Ja, heel zeker.' Hannah glimlachte. 'Ik vind het echt niet erg.' Het was niet gelogen, dat zag Kasja wel.

'Laten we met z'n allen pizza gaan eten,' stelde ze voor. 'Zoals we in de zomer hebben gedaan. Dat was leuk. Jesse wil vast ook mee, hij is gek op pizza. De vrijdagavond voor de kerstvakantie, dan zijn we er allemaal nog. Naar de pizzeria en daarna naar de film, oké?'

'Ja, cool. Goed plan.'

Hannah knikte enthousiast, maar ze was er al niet meer bij. Een hele dag zouden ze hebben. Die gelegenheid was er nog niet eerder geweest. Ze moesten oppassen, dat ze zich niet teveel lieten meeslepen. Ze dacht ook veel teveel aan Jesse. Misschien was het toch beter als ze een dagje ging shoppen. Maar dat deed ze niet...

Hannah was op tijd wakker, douchte zich en wachtte met een snel kloppend hart op het bekende sms'je. Het weer was ijzig, maar binnen was het lekker warm. En voor het eerst waren er veel uren die ze konden vullen. Hadden ze tijd voor muziek, om samen te eten bij een dvd. Tijd om zachtjes te strelen, terwijl ze elkaar zoveel te vertellen hadden. Om Piko uit te laten, en steenkoude voeten te krijgen. Maar daar wist Jesse wat op. Eenmaal weer thuis had hij het bad vol laten lopen. Hannah vond het heel romantisch. Dat zag je altijd in films. Een badkamer vol met dansende vlammetjes, veel schuim en glazen wijn. Daar dacht Jesse helemaal niet aan toen hij aan haar benen trok zodat ze kopje onderging.

Daarna hadden ze de gordijnen dichtgedaan en Hannah koos een cd'tje uit. Hun muziek, van de allereerste keer. Ze lagen in zijn bed en in Jesses kamer brandden waxinelichtjes uit de voorraad van Kasja.

De hele dag was top geweest. Het klikte gewoon supergoed tussen hen. Hannah stelde het met enige verwondering vast.

Ze stelden elkaar geen zeurende vragen, zodat je het gevoel kreeg dat je jezelf moest verdedigen. Ze stuurden ook geen controle-sms'jes als 'waar ben je?', 'met wie?', 'duurt dat nog lang?'. Eigenlijk was het altijd geweldig met Jesse.

Misschien is het zo makkelijk omdat we geen officiële verkering hebben en elkaar niet voortdurend zien, meende Hannah. Daarom gaat alles zonder problemen en dat moet vooral zo blijven.

De regels over hoever ze zouden gaan waren duidelijk afgesproken; als je niet echt verliefd was op iemand deed je niet alles. Het was de grens die Hannah voor zichzelf had getrokken, ondanks de hete opwinding en de ontdekkingsdrang. Jesse was er nooit tegenin gegaan. Er was zo veel mogelijk met handen, een mond en een tong. Ze hadden fantasie genoeg.

Het bleef spannend en het was ze altijd gelukt, om zich aan de regels te houden. Het zou hen niet gebeuren, hen nooit zomaar overkomen. Ze wisten immers wat de risico's waren en ze hadden overal aan gedacht, dachten ze. Wisten ze! Dat was ook zo, bijna aan alles. En toch...

Toch was er iets veranderd. Ergens in de lucht zweefde een moment zonder geluid, zodat het niet te horen was. Een moment, dat niet herkenbaar was. Dat geduldig wachtte en zomaar op een dag de weerklank vond. Onafwendbaar weerklank vond. Liefde had niet altijd woorden nodig...

Jesse miste Hannah, maar hij durfde het risico van een afspraakje niet te nemen. Overal was het druk en rommelig. Hij was nagenoeg niet alleen thuis. In de week voor de kerstvakantie had iedereen nog behoorlijk wat opdrachten voor school af te maken en de laatste dagen werden hun roosters veranderd door allerlei sportactiviteiten.

Bij Hannah thuis was het eveneens te link. Haar oma logeerde er tot na de Kerst. *Ze is een tof mens*, msn'de Hannah, *maar echt niet op haar achterhoofd gevallen. En met mijn moeder ga ik shoppen op mijn enige 'vrije middag'. Dat is ons mother-daughterthing, een heel oude gewoonte voor de Kerst. Het is altijd super en ik wil dat nu niet overslaan, anders valt het op. Dus een sms'je zit er niet in.*

Jesse deed maar net alsof het niet erg was, want Hannah had een bloedhekel aan soft gedoe. Hij was er nog niet helemaal uit of 'ik mis je echt' ook hartstikke fout was in haar ogen.

Gelukkig gingen ze op vrijdagavond met z'n zessen pizza eten. Dat was gezellig en spannend, omdat hun benen elkaar raakten onder de tafel. Ze handen op een knie konden leggen zonder dat de anderen het zagen. Daarna, in de bioscoop, zaten ze ook naast elkaar. Het was nog nooit zo fijn geweest om een stoelleuning te moeten delen, ontdekten ze. Om tijdens de film zachtjes commentaar uit te wisselen, zodat je de ander onopvallend met je lippen kon aanraken.

'Toffe avond,' fluisterde Jesse.

Hannah knikte, ze voelde zich geweldig! Ze zou misschien over hun tweeën moeten nadenken, maar dat schoof ze liever voor zich uit. Het was goed zo. Dat vonden ze toch allebei?! Ze had geen zin in serieuze overpeinzingen, wel in nabijheid. Die ontstond onverwachts tijdens de pauze, terwijl ze de andere vier volgden naar de foyer. Tijdens de trage ganzenpas waarmee Hannah tussen de rijen stoelen door schuifelde, legde Jesse opeens zijn handen om haar middel.

'Het is bijna Kerstmis en daarna gaan we weg,' zei hij vlak bij haar oor. 'Kom je nog bij Kasja?'

Hij drukte onverwachts een zoen in haar nek. Het verraste Hannah zo dat ze ervan bloosde. Dergelijke liefkozingen kwamen nooit voor buiten hun sms-afspraken.

'We hebben niets afgesproken. Als ze tijd heeft, kom ik.'

'Zullen wij morgen samen naar de film gaan en ergens wat drinken?' vroeg hij zachtjes.

'Eh ikke, ik heb alle leuke al gezien,' stotterde Hannah. Ze was te verbaasd over zijn voorstel om een enthousiaster antwoord te verzinnen. Jesse had haar nooit eerder zo officieel mee uitgevraagd. Een verloren weddenschap zorgde gewoon voor een bioscoopje. Ze 'deelden' nooit een armleuning.

'Fanatiekeling.' Het klonk teleurgesteld.

'Dan kijk ik nog een keer met jou. Hebben we een date, lijkt me heel leuk,' fluisterde ze. 'Er draait een romantische komedie in Camera. Echt te gek. Ik zal niets verraden.'

'Dat wordt afzien. Jij kunt je klep toch niet houden, Hannah.'

Omdat Jesse achter haar liep, hoorde ze de grijns in zijn stem meer dan dat ze die zag. Ze bleef expres staan, zodat hij tegen haar aanbotste en gaf hem een por.

'Echt wel, *my lips are sealed*.'

'Jouw mond gaat altijd open als je bij me bent.'

Zijn woorden trilden na in haar zonnevlecht. Hannah wilde plotseling zo graag dat hij haar even vasthield, zachtjes haar rug streelde. Of dat ze alleen maar heel dicht bij elkaar konden staan. Het leek ontzettend lang geleden en het voelde opeens als een vreselijk gemis. Dat was ongewoon.

Alleen als ze lang in zijn gezelschap was én er anderen bij waren, was het moeilijk om neutraal naar Jesse te blijven kijken. Als ze te vaak zijn ogen zag en zijn glimlach, raakten die los van hun omgeving. Werden ze de spil waarom haar gedachten draaiden. Was er alleen Jesse. Dan kwamen de herinneringen. Wilde ze hem hebben en aanraken. Achter haar rug stak Hannah haar hand naar hem uit.

Met haar flesje cola probeerde Hannah zo onopvallend mogelijk dicht bij Jesse te staan. Ze praatte met iedereen, maar met hem was het anders. Was er nog een extra blik, een beweging, een tikje tegen z'n arm dat voor nonchalant moest doorgaan. Hannah zag opeens Jonas kijken, met een scheve grijns. Hij knipoogde en ze draaide zich snel om naar Sanne, zodat hij niet zag dat ze bloosde.

14

De dag na Kerst voelde Hannah zich rusteloos. Ze besloot toch nog even bij Kasja langs te gaan. Zogenaamd om afscheid te nemen, maar eigenlijk om Jesse te kunnen zien. Zij zou die nacht op een onmogelijk tijdstip vanaf Schiphol vliegen. Bij Kasja thuis zouden ze 's middags vertrekken, om in een niet uit te spreken Pools dorp te gaan skiën.

Hannah kreeg nauwelijks de kans iets tegen Jesse te zeggen. Iedereen was overal leek het. Totdat er opeens nog wat noodzakelijks moest worden gehaald. Uit het centrum. Dat betekende rijden, parkeren, lopen, kopen, terug. Dat zou zeker een uurtje in beslag nemen.

Hannah had juist haar jas weer aangetrokken en om geen achterdocht te wekken liep ze mee naar buiten. Als laatste, met haar fietssleutel in de hand. Op het stoepje bij de voordeur bleef ze staan.

'Zal ik de deur dichtdoen?' bood ze aan, en zwaaide Kasja en haar ouders uit.

Het kostte maar één kleine stap om weer naar binnen te gaan. Hannah sloop de trap op en gooide zijn kamerdeur open. Jesse zat in de vensterbank en hoopte buiten nog een laatste blik van Hannah op te vangen. Als een wervelwind kwam ze binnenstuiven.

'*Guess what?*' zei ze stralend.

'Effe zoenen...'

'Bingo! Ik wilde zo graag nog even bij je zijn.'

'Ik ook bij jou.'

Een kus kon zoveel losmaken. Dan was er de meeslepende muziek, de zachte strelingen, de ongesproken woorden en het eindeloze verlangen. Alles zweefde, omsloot hen. Eindelijk waren ze weer bij elkaar. Al het bekende en al het onbekende vielen toevallig samen. Het voelde zo dichtbij. Het gebeurde zomaar. Die ochtend was er niks meer over om hen tegen te houden. Regels losten op. Het verlangen was groot en zo meeslepend. Het kwam over haar lippen nog voor ze het besefte.

'Ik wil alles. Nu.' Hannah fluisterde de woorden. 'Jij ook?'

Hoe zou hij 'nee' kunnen zeggen? Het was onmogelijk om langer te wachten. Haar handen begeleidden hem. Hij was in haar! Dit was het dus.

Ze lagen eerst heel stil, met de armen om elkaar. Jesse zag emoties over haar gezicht glijden, die hijzelf voelde. Ze keek hem aan met zo'n andere blik in haar ogen. Zo dichtbij, het had bijna iets heiligs. Vol overgave was ze en kwetsbaar tegelijk. Hij nam nog vaag de veranderingen waar die hij herkende. De kleine spiertrekkingen rond haar mond, de snelle ademhaling. Het moment vergleed.

Ze deden het! Hij was opgewonden en zenuwachtig tegelijk. Voor het eerst in z'n leven deed hij het. Wauw!

Dit moet eeuwig duren, dacht Hannah. Maar dat deed het niet.

Ze had haar fiets voor het huis gereden. Jesse wachtte bij de voordeur en zou haar uitzwaaien. Het was opeens alsof afscheid nemen opnieuw uitgesteld moest worden. Het was al verschrikkelijk moeilijk geweest elkaar los te laten, de kleren aan te trekken en naar beneden te lopen.

'Kom je nog even?'

Jesse hoefde eigenlijk de zin niet af te maken. Al na het eerste woord klapte Hannah met haar voet de standaard uit. De deur had hij weer gesloten. Ze stonden in de hal, dichtbij elkaar en zoenden. Om de een of andere reden was het ook onmogelijk daarmee te stoppen.

'Ik moet je nog een fijne vakantie wensen,' zei Jesse.

'Ik jou ook.'

'Ik kan je ook alvast een gelukkig nieuwjaar wensen.'

'Ik jou ook.'

'Ik ga je vreselijk missen.'

'Ik jou ook.'

Het was de grootste liefdeverklaring die ze elkaar tot nu toe hadden gegeven.

'Ik hoor een auto stoppen,' zei Hannah. Ze keek Jesse geschrokken aan. 'Is dat hier?'

'Zo te horen, de vorm lijkt inderdaad op een bekend vehikel,' stelde hij vast, na een blik door het glas-in-loodraam naast de deur.

'O nee, wat nu?'

'Je had je das vergeten,' stelde Jesse voor.

'Ik draag nooit een das of het moet al vriezen dat het kraakt.'

'Handschoenen? Je hebt je handschoenen vergeten.'

Hannah voelde gejaagd in haar zakken. 'Ik heb m'n handschoenen vergeten.'

'Mooi, dat is dan afgesproken.'

'Nee, echt vergeten. Ze liggen op jouw kamer, op je bureau.

Pak jij ze?'

Jesse rende snel en soepel met twee treden tegelijk de trap op. Hannah vond nog dat het er zeer atletisch uitzag. Toen de voordeur werd geopend stond ze onschuldig met haar wanten te wapperen.

'Hoi, hoi. Wat zie jij er verhit uit,' zei Kasja. 'Snel gefietst?'

'Dat moet wel,' viel Jesse zijn zus bij. 'Je hebt er een gezond kleurtje aan overgehouden, Hannah.' Zelf stond hij heel relaxed in een T-shirt, op blote voeten en met haar dat alle kanten op stond. Niemand die dat bij hem ongewoon vond.

'Ik had m'n handschoenen vergeten,' zei Hannah. Jesse grijnsde al en ze praatte gauw verder. 'Niet dat ik die de komende dagen nodig zal hebben, maar toch. Ik dacht... Nou, ja... Nou, dan ga ik maar weer, hè. Ik moet nog pakken. Doei, doei. Geen benen breken. Veel plezier.'

'Toffe vakantie, doei. Ik stuur je een sms,' riep Kasja.

'Doei, lieve Hannah,' zei Jesse. 'Ik stuur je ook een.'

Kasja gaf hem een duw. 'Ha ha, wat zijn we weer leuk. Heb je Michail nog gezien?'

'Michail?' herhaalde Jesse onnozel.

'Ja, die had me gebeld. Hij wou langskomen om iets af te geven. Ik zei dat jij thuis was.'

'Ik heb niks gehoord. Hij belt toch wel aan?' vroeg Jesse. Hij verschoot van kleur en al zijn stoerheid was opeens verdwenen.

'Hoe moet ik dat weten? Misschien is hij gewoon achterom gegaan. Dan is hij naar boven gelopen en heeft het op mijn kamer neergelegd.'

'Ik heb ook niemand op de trap gehoord.' Jesse kreunde inwendig. 'Ik kijk even voor je.'

'Wat een plotselinge hulpvaardigheid,' spotte Kasja. 'Het gaat maar om een boek, hoor. Er valt echt niets geheimzinnigs te ontdekken op mijn kamer.'

Op dat moment werd er aangebeld. Michail stond op de stoep met een plastic zak. Jesse begroette hem uitbundig en rende kilo's lichter de trap op naar zijn kamer.

15

Er was iets veranderd tussen hen. Hannah voelde het zo duidelijk. In de vakantie hadden ze elkaar vanuit het buitenland voortdurend sms'jes gestuurd. Januari kon niet snel genoeg komen. Voor de eerste keer speet het Hannah niet dat ze weer naar huis moest. Ze miste hun geklets, de afspraakjes, zijn grapjes. Ze miste Jésse enorm, al zei ze dat niet. Ze stuurde alleen luchtige sms'jes. Maar enkele uren nadat ze op Schiphol was geland zag ze hem al. Hij had direct gebeld.

Het overspoelde hen opnieuw, net als op die ene ochtend. Ze verlangden zo vreselijk naar elkaar, dat was sterker dan de grenzen. Het gebeurde gewoon, per ongeluk. Ach, die ene keer, dachten ze, maar ze hadden elkaar al omarmd voor de tweede ene keer. Het moest veilig, dat wisten ze, maar ze zeiden niets. Het zou wel meevallen.

Ze dachten het nog zachter bij de laatste keer. En ook bij de allerallerlaatste keer. Het leek alleen te geven, zo'n moment. Het eiste niets. Soms had je geluk...

Het nieuwe jaar leek een kwakkelige koude winter te worden, maar in februari was het gaan vriezen. Alsof de vorst speciaal op een korte maand had gewacht. Misschien zou de ijslaag dik genoeg worden om nog even te schaatsen. Vooral Sanne verheugde zich erop, maar ze voelde zich niet lekker. Elke centimeter dat het ijs groeide kreeg ze meer hoofdpijn en begon ze vaker te hoesten.

Vandaag wilden ze na school gezellig theedrinken bij Kasja thuis, maar Sanne haakte wat moe en bleekjes af. Het had weinig geholpen dat ze de vorige avond geen dvd met Hannah had gekeken en vroeg in bed was gekropen.

Hannah was met Kasja meegegaan. Met bekers thee en druk pratend liepen ze naar boven.

'Heb ik je al gezegd dat de advocaat van Michail optimistisch is? Er is een brief van de rechtbank gekomen en de zaak wordt opnieuw beoordeeld. De advocaat denkt dat ze een goede kans maken op een verblijfsvergunning. In ieder geval op een voorlopige, die later kan worden omgezet in een vergunning voor onbepaalde tijd. Iedereen is zo opgelucht.'

'Dat klinkt super. Wat fijn voor Michail en zijn familie,' zei Hannah blij. 'Fantastisch. Wat zei hij?'

'Michail was eerst hyper en daarna kreeg-ie een dip. Waarschijnlijk een rare gewaarwording als de stress opeens oplost na al die jaren.' Kasja lachte, maar haar ogen stonden vreemd ernstig. 'Ik merkte dat zelf ook. Het is net of er iets... wegvalt. Michail heeft me een cd gegeven en wil ons binnenkort trakteren. Ik zal die cd gelijk opzetten, jij wilt vast een kopietje.'

'Eerst even naar het boekverslag van Jesse kijken, oké?' stelde Hannah voor. 'Ik moet het morgen inleveren.'

Gisteravond had hij vergeten dat mee te brengen.

'Op het moment dat ik aanbelde, schoot het me weer te binnen,' had Jesse gezegd. 'De map ligt op m'n kamer, zal ik die nog even halen?' Maar dat had Hannah niet nodig gevonden, die tijd zou van hun gezellige avondje afgaan.

'Jesse is laat vrij vanmiddag,' Kasja opende de deur naar zijn kamer, 'maar misschien heeft hij het klaargelegd. Anders moet je op hem wachten. Ik weet niet waar hij z'n spullen bewaart en hij gaat over de rooie als ik alles doorzoek. O, kijk, is dit het?'

Midden op z'n bureau lag een map. Kasja pakte die op en bladerde erin.

'Geweldig, Jesse heeft het verslag al voor je opgezocht. Hij kan toch nog attent zijn, die broer van mij. Meestal moet ik tien keer vragen om zoiets.'

Hannah stond naar alle kaartjes op de deur te kijken. 'Leuk, hè,' vond ze, 'hij heeft een toffe collectie.'

'Hij verzamelt ze al jaren. Af en toe wisselt hij.'

'Er hangen een paar nieuwe,' zei Hannah. 'Die en die en...' Ze zweeg verward en glimlachte wat verlegen. 'Jesse had het er laatst over, weet je nog?'

'Ik onthoud echt niet alles wat Jesse zegt. Hij kletst je de oren van je hoofd als hij een goeie bui heeft.'

Hannah lachte mee. 'Dat is waar.'

'Kom je? Kun je m'n nieuwe cd horen. Echt super.' Kasja liep naar haar eigen kamer en rilde. 'Koud hier, vind je niet?'

'Nee, geen last van,' zei Hannah. 'De thee maakt me warm. Zal ik een trui voor je pakken?'

'Pak die ene zwarte maar, je weet wel. Ligt in m'n kast.'

Onder de zwarte trui lag een doosje tampons. Het zag er ongebruikt uit. Hannah staarde er met grote ogen naar. De kille onrust sloeg in als een bliksemflits! Een paar dagen had die zich makkelijk laten verstoppen, zonder moeite laten toedekken. Maar nu niet. Ze kon er niet meer omheen. Haar keel werd kurkdroog en ze slikte moeizaam.

'Welke datum is het?' vroeg Hannah schor.

'Wat? Hoe kom je daar nu bij?'

'Welke datum is het?' Het klonk wat paniekerig. 'Weet je 't zeker? Ik dacht...' Haar stem stierf weg.

'*Time flies, my dear,*' zong Kasja.

Hannah 's ogen schoten vol tranen. Ze knipperde, raakte met stijve vingers het doosje aan. Het was dus zeker al een week geleden dat ze langs de Etos was gegaan om tampons te kopen. Een doosje van hetzelfde merk lag in haar eigen kast. Ook ongebruikt. Dat klopte niet. Dat zou niet moeten. Hannah kreeg het zo koud.

Ze kon die stem niet langer wegdrukken, die begon opeens te gillen in haar hoofd. Steeds maar weer. *Dat zou niet zo moeten zijn, je bent te laat, te laat...* Hou je stil! Met trillende benen liep ze naar Kasja's bed.

Hannah's keel kneep dicht. Ze werd overspoeld door een bodemloze angst. Dacht dat haar hart uit elkaar zou barsten. Nee, nee, er was niets aan de hand. Ze kreeg het benauwd, zo onvoorstelbaar benauwd.

Nee, er was niets. Ze rilde, haar hoofd zat dicht, haar oren begonnen te suizen. Alles voelde zo licht.

'Nou, hoe vind je dit nummer?' vroeg Kasja. 'Mooi, he?!' Omdat Hannah niet antwoordde draaide ze zich verbaasd om.

'Jezus, Hannah, wat is er aan de hand? Je ziet lijkbleek,' riep Kasja. 'Wat is er?'

'Duizelig,' fluisterde ze. 'Ben zo duizelig.'

'Dubbelklappen,'commandeerde Kasja. 'Voorover hangen, hoofd tussen je knieën. Wat heb je opeens? Ik had wél een boterham voor je moeten maken. Op school heb je ook niet gegeten. Straks val je flauw van de honger.'

'Zo-o... ra-ar.'

'Straks is het over. Stil maar, het komt wel goed. Je krijgt al meer kleur.' Ze streelde over Hannah's haar. 'Nee, niet omhoog komen, nog even wachten. Ik schrok me dood. Zo, ga maar liggen. Ik haal wat te eten. Je móét wat eten. Je moet rustig ademen. Gaat het weer?'

'Ja,' fluisterde Hannah schor.

Het komt door de honger, dacht ze verwilderd, ik heb gewoon honger. Niets anders, niets, niets. Dat kan niet. Dat bestaat niet. Dat mag niet.

16

Buiten schemerde het. Hannah hing voorover op haar bureau. Ze had het gehaald, met een boterham en een extra kopje thee. Ze was heel kalm geworden en Kasja keek niet langer bezorgd. Samen hadden ze naar de muziek geluisterd en de duizeligheid was helemaal verdwenen. Het was haar lege maag geweest. Natuurlijk had Kasja gelijk. De onrust was gekrompen tot een ineengefrommeld stuk papier dat in een hoek lag te wachten.

Ze bekeken samen de foto's die op de pc stonden. Een aantal had Sanne voor Kasja bewerkt in Photoshop. Sanne was daar goed in. Er waren zoveel leuke te zien. Allemaal herinneringen aan de dingen die ze met elkaar beleefd hadden. De fietstocht, Sanne en Jonas in de tent, zij naast Jesse bij het kampvuur, een dagje Ameland, Michail en Kasja op de boot, een schoolfeest.

Kerstmis! Er was zoveel waar Hannah aan terug kon denken. Met haar ogen open had ze weer zitten dromen. Zag ze hem, voelde ze hem en ze hoorde amper wat Kasja zei. Die zat enthousiaste plannen te maken om te gaan schaatsen, 'dat is immers zo lang geleden'.

Hannah had geknikt en gelachen, maar vooral aan gisteravond gedacht. Jesse was zo lief voor haar. Dan vergat ze alles om zich heen. Er verscheen een glimlach om Hannah's mond. Die kant had ze niet eerder leren kennen, want hij mocht haar altijd graag uitdagen, op haar nummer zetten. Maar zoals bij Jesse was het nooit met andere vriendjes geweest.

'... en schaatsen op te dun ijs is altijd een risico...'

Kasja's lippen bewogen. Er drong maar één woord tot Hannah door: risico. Opeens overviel de spanning haar weer. Plotseling was ze doodop. Met veel gekreun had ze zich uitgerekt en was Hannah opgestaan. Ze moest wat gaan doen, had ze gezegd, haar verslag, het boek, huiswerk. Natuurlijk begreep Kasja dat, die had haar vrolijk uitgezwaaid. Sterkte gewenst...

Hannah zuchtte. Nu hing ze hier wéér niets te doen. Lag ze stom te snotteren, werd de map van Jesse nat van haar tranen. Gelukkig op het plastic, dat vlekte niet.

Ze moest niet gelijk door het lint gaan. Rustig blijven. Ze had het tien keer nageteld en daarna mocht ze het niet meer van zichzelf. Moest ze erop vertrouwen dat ze zich niet vergiste. Ze was overtijd. Nou en? Zoiets bestond, dat had ze vaker gehoord. Daar had ze gisteravond met Jesse ook niet over ingezeten.

Niet één dag, niet twee, niet drie... MEER. Dat betekende niets. Helemaal niets. Zoiets bestond! Het betekende alleen dat ze overtijd was. Dat ze ongesteld had moeten worden en dat het niet was gebeurd. Nóg niet. Alleen een beetje overtijd, een ietsje pietsje later. DAT BETEKENT NIKS. Niks, niemendal. Misschien had ze toch verkeerd geteld.

Ze had immers een paar dagen rustig afgewacht. Ze kon dat best, dan dacht ze aan andere dingen, werd ze helemaal kalm. Waarom was ze nu opeens zenuwachtig?! Alleen door dat doosje tampons tussen Kasja's kleren? Onzin, ze moest niet overal wat achter zoeken, niet zo neurotisch doen.

'Kijk eens, lieverd.'

Opeens drong de stem van haar moeder tot Hannah door. Ze schrok ervan en verschoot van kleur.

'Wat? Wat is er?'

'Ik klopte, maar je hoorde me niet. Ik heb alvast een kop soep voor je. Je zag er zo moe uit toen je thuiskwam, misschien doet dit je goed.'

'Wat lief. Dank je.'

'Kan ik nog iets doen? Gaat het?'

'Jaja, prima.' Hannah ontweek de bezorgde blik. 'Ik ben inderdaad bekaf vandaag. Heb me teveel uitgesloofd met gym.'

Ze gokte er maar op dat haar moeder de lesroosters niet paraat had. Uiteindelijk had ze drie kinderen die haar met klaagzangen over hun 'drukke bestaan' opzadelden, een man met verhalen en haar eigen werk.

'Had je vandaag gym? O, ik dacht dat je op...'

'Het was een ingeroosterde les, vanwege alle uitval,' onderbrak Hannah vlug. 'We hadden eh conditietraining.'

'Ja, dat kan zwaar zijn. Kun je nu lekker bijkomen, we eten over een uurtje. Zal ik kofta maken? Dat vind je altijd lekker.'

'O, heerlijk.' Hannah realiseerde zich hoe tam ze reageerde en forceerde een glimlach. Meestal vertoonde ze een spontane vreugdedans of deelde een overdreven knuffel uit wanneer een van haar lievelingsgerechten werd gekookt. 'Dank je, ik moet even verder met m'n verslag.'

'Ik ben al weg.'

Hannah voelde een zoen op haar haren, een aai over haar rug en schaamde zich een beetje.

De volgende dag lag er een kleine envelop tussen de stapel post, niet dichtgeplakt, en nieuwsgierig trok Hannah het kaartje eruit. Op de voorkant stond *Hoera* en zat een baby in een enorme luier op een soort donzige wolk. Hannah liet het op tafel vallen alsof ze zich gebrand had. Dat betekende iets, dat moest een teken zijn! Ze werd er bijna misselijk van en de tranen sprongen in haar ogen. Nee, onzin, niet huilen. Waarom? Dit had niets te betekenen.

'Ik zie spoken,' mompelde Hannah. Ze haalde diep adem en met trillende vingers raapte ze de envelop op die bij haar voeten was geland; de blijde boodschap was verkeerd bezorgd. Hannah schoot rechtop. Dan betekende het dus wel wat! Het betekende dat ze voor niets stond te grienen; het léék alsof dat overtijd zijn iets betekende, maar dat was dus niet zo.

Ze draaide zich met een ruk om en stoof de trap op naar haar kamer. Schijn bedriegt! Ha, dat was de diepere boodschap. Morgen was alles normaal. Of overmorgen. Wedden? Niets aan de hand. Misschien nu al. Als ze... Hannah rende naar de badkamer, naar het toilet. Niets. Ze schudde haar hoofd. Dat gaf niets.

'Dat geeft niets,' zei ze tegen haar spiegelbeeld. Ze waste haar handen en schudde haar hoofd. Nee, nee, dat gaf niets. Ze keek weer. Waterige ogen, rode vlekken.

'En nou hou je op,' zei ze flink. 'Nu ga je aan het werk. Je gaat de rest van je boekverslag in orde maken. Het is zo goed als klaar, het laatste stuk kun je bijna helemaal overnemen. Geen gezeur. Voor acht uur moet je het gemaild hebben.'

Dat was het. Ze ging alles doen wat ze zich gisteren had voorgenomen. Punt uit. En als het lukte, en dat zou het, dan kwam de rest ook. Dan werd alles goed, natuurlijk. Ze moest gewoon eerst haar best doen. Als ze voor acht uur klaar was, kwam het goed. Een deal, dat was eerlijk. Ze wist het zeker.

Op een of andere manier had alles ermee te maken. Kwam Hannah overal vrouwen met dikke buiken tegen. Kinderwagens. Gratis proefluiers-met-plasgootje. Reclame over babyvoeding. Een lerares die aankondigde dat ze eind mei met zwangerschapsverlof ging. De wereld spande tegen haar samen.

Hannah maakte afspraken met zichzelf: Als ze dit deed dan... Als ze tien rode auto's tegenkwam op weg naar huis dan... Als ze vijf blauwe fietsen tegenkwam dan... Als ze haar kamer opruimde, haar kast... Als ze boodschappen deed dan... Altijd was de beloning dezelfde. Maar hoe Hannah zich ook inspande, die beloning volgde niet. Ze had op haar buik getrommeld, sprong een kwartier lang op en neer met een oud springtouw. Ze sloofde zich uit tijdens de gymlessen en liet zich door Kasja extra hard werpen bij jiujitsu.

Hannah deed zo haar best om er niet aan te denken, het weg te drukken en er toch mee bezig te zijn. Ze praatte in zichzelf. Zachtjes, op bezwerende toon probeerde Hannah zichzelf gerust te stellen. Moed in te spreken. Wat moest ze doen? Ze hoefde niet iets te doen! Er was namelijk niets! Dat kon gewoon niet. Nog één dag dan kwam alles goed, nog één dag. Ik moet geduld hebben, dacht Hannah, gewoon geduld. Simpel. Midden in de nacht werd ze huilend wakker uit radeloze dromen.

De dagen duurden eindeloos lang, maar waren veel te kort als Hannah er nog een nodig bleek te hebben. In haar hoofd leek een brei te zitten, haar lichaam was angst, hoop. Ze was nog nooit zo vaak naar de wc gegaan, had nog nooit zo vaak in de spiegel gekeken, een aanwijzing gezocht in haar ogen: wat denk je... is het...? Was ze verzeild geraakt in een proces dat onomkeerbaar was? Nee, nee! Hannah had niet eerder zoveel walging gevoeld als ze de blik in haar ogen liet zakken en schichtig naar haar buik keek. Ze dwong zichzelf om te kijken, maar ze wilde niet weten wat daar zat. Er mocht niet iets zitten. Hannah wilde het niet aanraken, niets ongewoons voelen. Het was er gewoon niet. Dat stuk van haar lichaam hoorde niet bij haar. Het was een vergissing, dat moest. Er bestond niets anders.

Wat moest ze nog doen om het goed te maken? Om alles te maken zoals het was geweest? Wanneer was deze ellende afgelopen? Ik moet veel harder geloven dat het morgen voorbij is, dacht Hannah. Alles in mij moet dat geloven. Ze moest ervan overtuigd zijn dat ze met die gedachte invloed kon hebben, iets kon veranderen in haar leven, en dan gebeurde dat ook. Dan hoefde ze het aan niemand te vertellen. Morgen zou er niemand boos op haar zijn. Zou de angst weg zijn, evenals de enorme paniek en vertwijfeling die in golven over haar heen spoelde. Morgen is alles anders, wist Hannah. Morgen hebben deze dagen nooit bestaan, zijn ze opgelost. Op de nieuwe ochtend zou haar leven niet voorbij zijn. Het zou een dag zonder eenzame slopende wanhoop zijn. En zonder de bezorgde en vragende blik die ze vaker in de ogen van haar moeder las en waarop ze geen uitleg wilde geven. De blik die ze toedekte met 'ik heb volgens mij echt een dip op school, ik zou niet weten wat ik erna wil doen' en 'denk je dat zoiets vanzelf komt, mam?'. Want zo'n vraag uitspreken zette haar moeder aan tot stimulerende verhalen, was er begrip en troost. Dan zag Hannah weer levendige en lieve ogen die er altijd voor haar waren geweest, die ze nog zo hard nodig had, maar niet wilde teleurstellen.

En zo kwam de dag dat Hannah zou gaan schaatsen, alleen met Kasja. Want Sanne was op school zo beroerd geworden dat ze de griep niet langer kon ontkennen. Na dagen vol hoestbuien en koude rillingen had ze zich ziek gemeld en was naar huis gegaan.

De noren lagen klaar op Hannah's bed, naast haar oude trui. Ze pakte hem op en rook eraan. Die had ze nog meegenomen op hun fietstocht naar het Boomkroonpad, voor het geval het 's avonds laat toch koud zou worden. Toen had ze de trui niet nodig gehad. Toen was alles nog goed, warm en gezellig.

Hannah begon te snikken en verborg haar gezicht in de vertrouwde geuren, niemand mocht haar tranen horen. Straks zou ze vallen op het ijs, met opzet. Ze zou een rotsmak maken en dan kwam het goed. Dan deed haar lichaam weer normaal en zou ze weer gelukkig zijn. Gelukkig en dankbaar, zo enorm dankbaar dat het bij een waarschuwing was gebleven...

17

Kasja stond op haar noren te wachten tot Hannah klaar was. Dankzij onverwachtse lesuitval konden ze direct aan het begin van de middag een poging wagen. Het voelde spannend na zo'n lange tijd weer over de zwart-witte vlakte te glijden. In het begin waren ze allebei aan het stuntelen met afwisselend lachbuien, die niet bevorderlijk werkten, en valpartijen. Na een halfuur ging het gelukkig veel beter. Ze trokken een aantal baantjes, maar onderweg naar Kasja's huis voelden ze de spierpijn al.

'Vreselijk, ik kom bijna niet meer vooruit,' klaagde Hannah. 'Mijn benen en mijn rug, akelig gewoon. Ik lijk net een oud wijf. Alles kraakt aan mij. Niet lachen, dan moet ik ook en dat doet pijn.'

'Nog vijftig meter en dan sla je een warme deken om je heen. Ik maak een hete chocolademelk voor ons,' troostte Kasja.

'Heerlijk, je bent een grote schat.'

Kasja lachte en vertelde over Michails laatste schaatstocht waarbij hij een koppel snaterende eenden achter zich aan had gekregen.

'Er is niemand thuis. Zullen we beneden blijven zitten of

gaan we naar mijn kamer?' vroeg Kasja, nadat ze de chocolademelk had ingeschonken.

'Jouw kamer. Oh, wil je wel geloven dat ik bijna instort?' Hannah zuchtte en sleepte zich van tree naar tree.

Kasja liep achter haar aan met het dienblad waarop twee dampende mokken en koekjes stonden. Omdat Hannah zich op het bed liet vallen, ging ze erbij zitten op de vloer. Ze sloot beide handen om de beker.

'Lekker warm, hè. Koekje erbij?'

Hannah bedankte.

'Mmm, ze zijn lekker, hoor. Zal ik een cd'tje opzetten?'

'Oké. Doe maar wat, maakt me niet uit,' zei Hannah, en roerde afwezig in haar chocolademelk. Ze nam voorzichtig een slok, maar zette gelijk de beker weg.

'Niet goed?' vroeg Kasja verbaasd. Hannah was altijd verzot op warme cacao.

'Ik voel me niet lekker.'

'We hadden misschien eerder moeten stoppen.'

'Nee, nee, ik vond het heel leuk. Ik heb gewoon een vervelend gevoel de laatste tijd.'

'Ja, je... je hebt echt een dipje, hè. Is er iets?' Kasja dacht aan Hannah's sms- en mailberichten die laat op de avond werden verstuurd, maar eerder chaotisch dan belangrijk waren. 'Slaap je niet te weinig?'

'Kan zijn,' mompelde Hannah.

'Je ziet er wat bleek uit, een beetje dood.' Kasja keek haar aan. Er was al een paar maanden wat merkwaardigs aan de hand en de laatste week deed Hannah echt vreemd. Soms leek ze net een zombie. Zodra Kasja echter voorzichtig probeerde te vragen wat er was, deed Hannah afstandelijk of werd ze opeens boos. Evenals Sanne geloofde Kasja het ik-had-de-balen-van-schoolverhaal niet helemaal. Ze dachten dat er meer achter zat.

'Je mooie rode kleurtje van het schaatsen is helemaal verdwenen. Misschien ben je gewoon een beetje wintermoe of krijg je ook de griep.'

Het was een moment dat Kasja haar leven lang niet zou vergeten. *Hannah huilde...* Ze zat heel stil op het bed, met haar handen in elkaar geklemd en opeens liepen de tranen over haar wangen en ze hielden niet meer op.

'Ik ben...Volgens mij ben ik een week...' Ze schudde haar hoofd. 'Meer dan een week ben ik overtijd.'

Hannah kon het niet langer voor zich houden. Er lagen zulke lange wanhopige dagen achter haar! Ze verborg haar gezicht in haar handen en snikte opeens hartverscheurend. 'Ik moet ongesteld worden en ik ben te laat, zo'n tien dagen of zo.'

Kasja schakelde niet eens zo snel. Dat is toch geen ramp, dat ben ik ook wel eens geweest, had ze willen zeggen. Pas daarna leek het besef door te sijpelen. De onthutsende conclusie dat Hannah niet voor niets zou huilen en paniekerig keek. Dat ze zich niet zomaar 'niet lekker voelde'.

Kasja voelde het kippenvel op haar armen staan en greep automatisch naar haar buik. Het ongeloof en de ontzetting maakten haar volkomen sprakeloos. Ze kreeg plotseling erg rode wangen van alle hartkloppingen.

'O, Hannah. Nee! Bedoel je... Zeg alsjeblieft dat ik me vergis.' Er klonken tranen in haar stem, maar ze sloeg beide armen om Hannah heen.

'Ik ben zo bang,' snikte die. 'Het is altijd regelmatig. Ik ben nooit zovéél te laat. Zoveel!'

Kasja streelde over haar hoofd. Ze was helemaal in de war en wist zo gauw niet wat ze moest zeggen. Hannah had nooit iets gezegd over een vriendje. Maar ze moest er een hebben. Wie dan? En als ze zich zulke zorgen maakte, dan hadden ze het met elkaar gedaan. Ze hadden het gedaan zonder...

'O, nee, Hannah. Weet je het zeker? Heb je 't goed nagekeken?'
Natuurlijk had Hannah dat gedaan. Wat zou het makkelijk
zijn geweest. Gewoon een telfout. Welkom rekenfout! Geen
reden voor paniek.
'Heb je een test gedaan?' riep Kasja, maar Hannah schudde
haar hoofd. 'Je moet een test doen!'
'O, nee, dat durf ik niet.'
'Doe niet zo stom, Hannah!' Kasja had het uit willen gil-
len.
'Natuurlijk moet je dat doen. Als je bang bent dat je...' Ze
durfde het niet hardop uit te spreken. 'Als je er een reden
voor hebt moet je een test halen. Jeminee! Dat begrijp je
zelf toch ook?!'
Een beetje hoop vlamde nog op. Of is het niet nodig, wilde
Kasja bijna vragen, tegen beter weten in.
'Ik kan dat niet.' Hannah begon weer te huilen.
'Dan weet je het toch gelijk? Misschien maak je je voor
niets zorgen. Is het gewoon in de war. We moeten een test
ophalen.'
'Nee.'
'Nee bestaat niet,' zei Kasja met een hoge zenuwachtige
stem. 'Verdorie, Hannah, alleen ja! Je kunt hier alleen 'ja,
onmiddellijk' op zeggen.'
'Ik schaam me hartstikke dood,' fluisterde die. 'Wat als ik
een bekende tegenkom? Ik durf dat niet. Echt niet! Straks
zien ze het aan me. Ik schaam me kapot.'
'Wat valt er nou te zien?'
'Nou, je weet wel... Dat ik het gedaan heb.' Hannah bloosde. 'Dat het is misgegaan en dat die test voor mij is.'
Kasja keek haar verbijsterd aan. 'Dat meen je niet,' zei ze,
maar Hannah zag er wezenloos uit.

'Dit is veel te serieus. Hannah! Je kunt geen lamme excuses gaan verzinnen. Bovendien stikt het van de drogisterijen. We kiezen er een waar we anders nooit naartoe gaan.'

Wel neuken, hè, maar te benauwd om een test te kopen, dacht Kasja boos. Beter tien keer voor niets zo'n ding kopen, dan één keer niet terwijl het nodig is. Dan kon iedereen het zéker zien met een paar maanden!

Kasja moest op haar tong bijten om het niet te zeggen. Ze was kwaad, maar eigenlijk nog veel bezorgder. Schelden hielp ook niets en Hannah zag er al beroerd genoeg uit. Maar het was zó stom.

'Als je het zo erg vindt, bedenk je toch gewoon iets,' zei ze fel. 'Laat je zo'n test als een cadeautje inpakken met een mooi strikje, of zo. Als je het juist opvallend doet, denken ze heus niet dat die test voor jou is.'

Hannah reageerde niet. Het ene moment leek ze helemaal over haar toeren en een tel later zakte ze volledig in en leek ze amper te leven. Wat moesten ze doen als het waar zou zijn? Koude schrik sloeg Kasja om het hart. Ongewenst zwanger was altijd theorie geweest, ver weg. Een volkomen logische theoretische mogelijkheid, maar toch een die helemaal níéts met jezelf te maken had.

'Dan doe ik het,' zei Kasja vastbesloten. 'Misschien heeft Sanne je aangestoken.' Het was zo'n rustgevende gedachte dat ze zich eraan vastklampte. 'Misschien ben je gewoon ziek, krijg je die rottige griep.'

Ze stond op en rommelde zenuwachtig tussen haar spullen. Kasja was totaal vergeten waar ze haar bankpasje had neergelegd en kon niet langer rustig nadenken. Nog nooit had ze in stilte zoveel scheldwoorden gebruikt als op dit ogenblik.

'Ik heb zeven euro. Ik weet niet of dat genoeg is. Heb jij ook geld bij je?'

Hannah had nog wat. Ze wilde per se mee en niet op Kasja's kamer achterblijven.

'Oké, misschien is dat ook beter.' Kasja maakte een vage armbeweging. 'Als Jesse thuiskomt, je weet het nooit met hem. Hij kan vreselijk ouwehoeren.'

Hannah keek haar aan met een merkwaardige blik en draaide haar hoofd weg.

'Zo erg is het nou ook weer niet,' zei ze zacht. Haar woorden leken opeens een stilte met zich mee te dragen.

'Ik bedoelde zijn gevoel voor humor. Als Jesse uit school komt, moet hij altijd wat kwijt. In sommige situaties kan dat net wat teveel zijn. Kom je?'

'Maar ik ga echt niet mee die winkel in,' zei Hannah snel. Ze had een kleur gekregen en vermeed nog steeds om naar Kasja te kijken.

'Dat hoeft ook niet. Ik haal het voor je.'

Buiten was het nog kouder geworden. Kasja ging alleen de winkel binnen. Hannah bleef bij de fietsen wachten. Als er maar niemand van school zou langskomen. Het leek een eeuwigheid te duren. Hannah bleef strak naar de grond kijken. Ze hoopte maar dat er een plastic tasje omheen zou zitten en dat het niet doorzichtig was. De hele terugweg deed ze schietgebedjes. Slingerde aan Kasja's stuur het plastic zakje met de *e*. De *e* van ezel, dacht Hannah. Ze waren veel te snel weer thuis.

18

De uitslag was positief en Hannah gaf over tussen de huilbuien door. Ze zwalkte tussen heden en verleden. Wilde zich vastklampen aan een enkele wens. Het was zo'n moment waarop je innig wenste dat je de tijd kon terugdraaien en alles opnieuw kon doen. Opnieuw en beter. Eén moment maar, uit je hele leven. Was dat teveel gevraagd? Tegelijk besefte Hannah dat ze machteloos was. Zo machteloos dat ze er bijna razend van werd. Wensen hielp niet om het lot te keren, om het ongedaan te maken! Het besef daarvan sloeg dood. Het werd een intens rauwe, maar geluidloze wanhopige kreet.

In één keer was alles op. Het werd stil in Kasja's kamer. Hannah lag voor lijk op bed. Beneden sloeg een deur en er klonk gerommel in de keuken. Kasja stond op om het haakje van haar deur vast te zetten toen ze Jesses voetstappen op de trap hoorde. Ze konden nu zeker niet gestoord worden. Jesse kwam niet binnen, maar riep halverwege dat hij thee had gezet.

'Zal ik ook voor jullie inschenken?'

'Wil jij?' vroeg Kasja zacht.

De tranen kwamen opnieuw. Vreemd genoeg voelde Hannah

zich bijna een beetje getroost door zijn vraag. Het liefst was ze naar hem toe gerend, hopend op een kalme wonderoplossing. *Jesse, help me! Ik ben zwanger en ik wil het niet!'* Alsof dat iets zou veranderen. Ze kromp ineen.

'Ik wil wel thee,' zei ze kleintjes, 'maar ik wil niet dat hij me zo ziet.'

'Nee, natuurlijk niet, ik haal het op. Doe de deur maar op slot. Ik klop aan.'

In de keuken stond Jesse fluitend boterhammen te smeren en straalde een opperbeste stemming uit. Hij had kaartjes kunnen bemachtigen voor een optreden van de Tindersticks. Hannah had al vaker gezegd, dat het haar zo leuk leek eens naar een live concert te gaan. Het was hun muziek geworden. In zijn enthousiasme begon hij over van alles en nog wat met Kasja te kletsen. Maar ze katte hem ongenadig af en zei, dat ze hard aan het werk was met Hannah en dat ze voor niets tijd hadden.

'Voor NIETS.'

'Jij bent ook vet chagrijnig, zeg,' merkte hij gepikeerd op.

'Last van het premenstruele syndroom?'

'Jij altijd met je aso opmerkingen. Je bent heus niet leuk.'

Kasja knalde de keukendeur voor z'n neus dicht. Ze kon het nooit hebben als hij dergelijk commentaar had. Nu al helemaal niet. Jesse liet de beker bijna uit z'n handen vallen. De hete thee golfde over zijn vingers.

'Stom kind,' foeterde Jesse. 'Kijk effe uit. Wie gedraagt zich hier nu als een asociale aap?!' Geërgerd begon hij de vloer schoon te vegen.

Boven tikte Kasja voorzichtig met haar voet tegen de deur. 'Ik ben het.'

Hannah deed open. 'Hij kan weer op slot, hè?' Ze bleef besluiteloos staan.

'Ja, natuurlijk, doe maar.'

'Ik wil het niet. Ik bedoel... ik heb er dagen aan gedacht, maar wil geen...' Ze keek naar Kasja en haalde vertwijfeld haar schouders op. 'Echt niet. Ik wil dat het over is. Gewoon over, begrijp je?!'

Kasja knikte. Ze zette de thee op haar bureau en staarde naar buiten. Het sneeuwde. Kleine, witte vlokken die alles bedekten.

'Heb je het thuis verteld?' vroeg ze, al kon ze het antwoord raden.

'Nee, ben je gek.' Hannah stortte gelijk in. 'Ze schrikken zich rot. Ik kijk wel uit. Mijn vader wordt hartstikke boos.'

'En je moeder dan?' Kasja liep naar haar toe en legde een arm om haar heen. 'Ik ken je ouders al zo lang. Ze zouden uiteindelijk alles doen om jou te helpen. Ik kan me niet anders voorstellen.'

'Ik kán het niet vertellen, ik durf het echt niet. Het is allemaal veel te ingewikkeld.'

Hannah begon geluidloos te huilen. Ze dacht aan Jesse. Hij was Kasja's broer! Het zou voor veel meer mensen gevolgen hebben dan ze kon verdragen.

'Ik wil het ook niet. Ze zullen altijd anders naar mij kijken. Dat kan ik niet aan. Ik schaam me dood.'

'Weet eh iemand anders het nog?'

De vraag was duidelijk. Hannah schrok. Ze had opeens het gevoel dat ze haar hoofd onder water hield, zo vreemd waren de geluiden om haar heen.

'Nee,' zei ze zacht. 'Alleen jij... en ik. Dat is genoeg.'

'Maar je vriendje dan? Misschien wil hij het weten. Wie...?'

Kasja maakte haar vraag niet af. Hannah schudde paniekerig haar hoofd. Maar ze bleef zwijgen en keek weer naar de grond. Kasja voelde zich wat hulpeloos.

'Wat wil jij dan?'

'Niks, ik wil niks. Ik wil het niet. Heb je niet een of ander tabletje of zo? Het moet over zijn. Zou de pil nog helpen?'

'Nou nee, daar is het te laat voor,' stamelde Kasja verbluft. Dat had je eerder moeten bedenken, dacht ze met een zucht.

'Als ik nou een heleboel slik?'

'Je moet... nee, dan moet je wat anders regelen. Je kunt niet zomaar een strip van die pillen inslikken, dat is vast gevaarlijk. Wie weet wat er dan weer gebeurt, nu of later. Je moet niet allerlei onnodige risico's nemen. Je moet gewoon vragen wat je kunt doen.'

'Waar? Aan wie?'

'Aan iemand die er verstand van heeft, natuurlijk.'

'Kun jij niet iets regelen? Ik hoopte dat jij...' Hannah's stem brak, ze zag er radeloos uit. Kasja had zo'n medelijden met haar.

'Ik wil je best helpen als ik kan. Moet ik je huisarts bellen?'

'Nee. Je zei toch net dat de pil niet meer helpt? Bovendien komen mijn ouders daar. Straks weten zij het ook.'

'Welnee, een dokter heeft zwijgplicht, daarvoor heeft hij een eed afgelegd.'

'Ik wil dat het over is. Ik wil niet naar hém toe. Het moet weg.'

'Maar...'

'Ik wil geen verhalen over schattige baby's. Je begrijpt me toch?!' onderbrak Hannah met een benepen hoog stemmetje. 'Ik wil dat alles weer normaal wordt. Zo gauw mogelijk, dat is alles. Normaal. Daarvoor wil ik iets.'

Kasja zette zwijgend haar pc aan en begon te typen.

'Wat doe je? Weet je iets?'

'Ik zoek een telefoonnummer.' Kasja surfte op het internet naar de juiste site.

'Ik kan je helpen, maar jij moet beslissen. Jij moet wat doen, Hannah. Je kunt niet gaan zitten wachten en hopen dat zoiets vanzelf oplost. Dat doet het namelijk niet, lieverd. Je krijgt alleen nog maar grotere ellende, heus. Hier: STIMEZO.'

'Wat heb je?'

'Lezen. Pak een stoel en kom bij me zitten.'

Stichting Medisch verantwoorde Zwangerschaps Onderbreking.

Hannah durfde de woorden niet hardop uit te spreken. Angst was er om alles, en opluchting omdat Kasja de site had gevonden. Hannah had opeens een grote hekel aan zichzelf. Ze wilde haar ogen dichtdoen en tegen Kasja zeggen dat zij het moest lezen. Ze was niet meer van zichzelf.

'Stimezo? Hoe weet jij dit?' vroeg Hannah. Ze begon te gapen van de enorme doodse moeheid die haar plotseling overviel. Alle uitstel was welkom, dan kon ze opgaan in nevels.

'De kliniek zit immers aan een van de singels.'

De laatste keer dat ze er langs waren gefietst was er een demonstratie voor de bescherming van het ongeboren kind. Er werden flyers uitgedeeld. Sanne had geweigerd er een aan te nemen. Hou die maar, had ze gezegd, ik kan zelf beslissen. Denken jullie soms dat vrouwen hier voor de kick heengaan. Kasja had stille bewondering gevoeld voor Sannes strijdlust. Maar tien meter verder had Sanne haar weer met twee benen op de grond gezet door te mopperen: moeten we allemaal achter de kinderwagen, stel mafkezen.

'Als je op 'abortuskliniek' gaat zoeken op het internet krijg je ook de sites die je nodig hebt om achter adressen te komen,' zei Kasja. 'Kom op. Je moet zelf lezen.'

De overtijdbehandeling OTB

Een overtijdbehandeling is een vroege abortus, waarbij de wet toelaat de verplichte bedenktijd te laten vervallen. Een overtijdbehandeling is veelal mogelijk vanaf de 12e t/m de 16e dag dat de vrouw overtijd is. Daarbij geldt de dag waarop de menstruatie verwacht werd als eerste dag. Voor een overtijdbehandeling is een verwijsbrief niet nodig en geldt de wettelijk voorgeschreven 5-dagen bedenktijd niet. Het is dus wenselijk zo snel mogelijk contact op te nemen met de kliniek. Heeft u een afspraak voor een overtijdbehandeling en wordt u ongesteld, dan raden wij u aan ons te bellen voor verder advies...

'Tien dagen, zei je?' Kasja keek Hannah indringend aan.
'Ongeveer, tien of twaalf, denk ik. Zoiets.'
'Je kunt wat doen als je wilt. Je kunt er in ieder geval heengaan om met iemand te praten, daar zitten ze er voor. Er zijn verschillende mogelijkheden.'
Kasja klikte door en ze lazen alle informatie. Het was een site die aan duidelijkheid niets te wensen over liet. Hannah's maag draaide zich om. Het leek zo vreselijk definitief en ze wilde het zo graag niet weten. Dit was de nuchtere werkelijkheid zonder de wonderen, waarop ze al die lange voorbije dagen had gehoopt. Het moest gewoon kunnen verdwijnen. Floep, weg.
Een overtijdbehandeling, dacht ze. Een OTB klinkt toch helemaal niet erg, de rest moet ik vergeten. Als ze nog ongesteld zou worden, kon ze dan gewoon afbellen? Misschien werd ze dat nog. Morgen of over een week...
Als ik geen test had gedaan, zou ik niet eens geweten hebben dat ik al een tijdje... Dat er wat aan de hand is, verbeterde Hannah snel haar eigen gedachten. Ze had bij-

voorbeeld nog steeds kunnen denken dat ze heel toevallig een keertje laat was. Om wat voor reden dan ook...

En al zóú ze een OTB krijgen. Het had nog steeds vanzelf goed kunnen aflopen. Op een natuurlijke manier, maar dat zou ze nooit meer te weten kunnen komen. Als er iets, hoe klein ook, daar binnenin niet goed zou zijn, zou het voor háár wel goed aflopen. Dat gebeurde toch zo vaak. Een miskraam. O, bah, aan dat woord wilde ze niet eens denken.

Maar het zou ook níét kunnen gebeuren *en dan was ze echt te laat!* Ze kon niet maanden zitten wachten en blijven hopen. Als ze te lang wachtte, mocht ze niks meer doen.

Tot haar grote schrik realiseerde Hannah zich plotseling nog iets anders. Als ze ongesteld zou worden, wist ze niet eens met zekerheid of de zwangerschap voorbij was! Het kon gewoon wat bloedverlies zijn! Ze schrok enorm van dat nieuwe inzicht. Kon ze dan simpel weer zo'n test doen? Was dat voldoende? Misschien zou ze sowieso een echo-onderzoek nodig hebben. Hannah zuchtte. Ze voelde zich pot- en potdicht zitten.

'Je kunt erheen om te praten,' zei Kasja. 'Misschien vind je het makkelijker met een onbekende dokter.'

Praten? Hannah's hersens werden zo traag. Hoezo praten? Ze wilde helemaal niets meer denken. Waarom kon het niet gewoon voorbij zijn?!

'Ik wil niet praten. Ik wil dat het over is,' kreunde ze.

Waarom hadden ze geen condooms gebruikt? Hij zou naar de winkel zijn gestapt, daarvan was ze overtuigd. Ze had het niet eens zelf hoeven doen. En waarom was het opeens niet meer tegen te houden? Waarom waren ze niet gestopt? Waarom was het zo lekker geweest als het zo riskant was? Hij had niets gezegd en zij ook niet...

Ze hadden gewoon fijn gepraat en heerlijk gezoend. Dat gebeurde vanzelf. Altijd zweefde ze opeens in de zevende hemel, dat merkte ze later pas. Hannah wist zeker dat ze nooit eerder zo gelukkig en tevreden was geweest als al die keren met Jesse. Maar als gevolg van *één* van die keren zat ze nu in het diepste dal van haar leven. Ze hadden het laten gebeuren!

Die tegenstrijdige gevoelens slingerden haar vreselijk heen en weer. Dagenlang was dat al het geval. Ze kon niet logisch nadenken en bleef steeds in cirkeltjes van het verleden hangen. Kon Kasja dit niet voor haar regelen?

Zeg het alsjeblieft, dacht Hannah, zeg dat je het voor me regelt. Ze voelde zich onmachtig om wát dan ook te doen, omdat ze zo graag wilde dat het gewoon voorbij zou zijn. Hannah kon aan toverstokjes denken, aan wensen van de goede fee. Aan schietgebedjes en aan heilige beloftes om nóóit meer zo onvoorzichtig te zijn. Maar niet aan effectieve handelingen.

'Je moet gelijk bellen als je wat wilt doen. Wat dan ook,' zei Kasja. 'Maar je móét een afspraak maken.'

Ze gaf Hannah haar mobiel en praatte zacht, omdat ze Jesse weer op de trap hoorde. Deze keer liep hij wel door naar boven. De deur van zijn kamer werd dichtgedaan en even later klonk er muziek. Bekende muziek. De vlammen sloegen Hannah aan alle kanten uit. Kasja vatte Hannah's reactie heel anders op en legde een arm om haar heen.

'Het valt wel mee,' sprak ze bemoedigend. 'Als je het makkelijker vindt, ga ik met je mee. Je hoeft niemand iets te vertellen als je dat niet wilt. Dat heb je toch gelezen?'

'Niemand die er wat van hoort. Alles is geheim en het kost niets,' vervolgde Kasja zachtjes. 'Je moet alleen de naam van je ziekteverzekering doorgeven en kunnen laten zien dat je in Nederland woont. Je hebt immers een identiteitskaart. Dan

heb je niet eens een paspoort of een verzekeringspas nodig.'
'Je moet gaan praten, Hannah, de dingen vragen die je wilt
weten. Zal ik het nummer intoetsen? Zeg het maar.'
Hannah knikte en veegde over haar natte wangen.
'Heb je genoeg beltegoed?' Misschien moesten ze het maar
een andere keer doen. Ze was zo moe. Het kon morgen nog
goed komen. Waarom ging alles niet vanzelf?!
'Goeie vraag,' zei Kasja. 'Ik pak even het losse toestel, dan
kun je via een vaste lijn bellen. Dan gaat het altijd goed.' Nadat
Kasja het nummer had ingetikt nam Hannah het toestel aan,
maar ze werd opeens vreselijk zenuwachtig en verbrak de verbinding.

19

'Ik kan niet.' Ze trilde helemaal. 'Ik krijg er geen woord uit. Kun jij niet voor me bellen? Zeg maar dat het voor mij is, dat ik die OTB wil.'

Kasja beet op haar lip. 'Ik wil het best proberen,' zei ze tenslotte. 'Maar wat als ze vragen stellen, waarop ik geen antwoord weet? Nou ja, laten we maar afwachten hoe het gaat.'

Ze belde en Hannah zat met hangend hoofd en opgetrokken schouders naast haar.

'Probeer mee te luisteren,' fluisterde Kasja nog en toen had ze verbinding. 'Hallo, met Kasja. Ik eh... een vriendin van mij... eh... Ze is een aantal dagen overtijd en...'

Kasja haalde diep adem. Haar hart klopte in haar keel. Ze was zelf ook behoorlijk zenuwachtig.

'Eh wij hebben zojuist een test gedaan en ja, nu willen we... Nu wil ze graag een afspraak maken, want de test is eh positief. Mijn vriendin wil graag een afspraak maken bij jullie om te praten.'

'OTB,' fluisterde Hannah schor. Ze wees naar het scherm.

'OTB,' herhaalde Kasja. 'Ze wil een afspraak voor een OTB, voor een eh... overtijdbehandeling.'

'Natuurlijk kan dat,' klonk het vriendelijk. 'Het is voor je vriendin, hè? We kunnen een afspraak maken, hoor. Zit die vriendin toevallig bij jou?'

'Eh...'

'Weet je, het zou heel handig zijn als ik ook eventjes met jouw vriendin zou kunnen praten,' zei de mevrouw rustig. 'Ze hoeft echt niet bang te zijn. Misschien zou ze zelf even aan de telefoon kunnen komen. Het is alleen een gesprekje. Ze mag zelf beslissen, maar dan kan ik wat uitleggen en het meteen aan háár vertellen. En ik kan wat dingetjes vragen, die ik moet weten om de afspraak te kunnen maken. Over de laatste menstruatie en hoelang ze overtijd is enzo. Ze hoeft niet bezorgd te zijn, hoor. Jouw vriendin kan me alles vragen wat ze wil. Het praat alleen een beetje makkelijker, weet je. Zou je dat alsjeblieft aan haar willen vragen?'

Hannah had het allemaal gehoord en Kasja keek haar vragend aan. Het leek Hannah het moeilijkste telefoongesprek dat ze ooit in haar leven zou moeten voeren. Maar aan de andere kant begreep ze ook dat het logischer was om zélf de antwoorden te geven. Ze knikte gelaten.

Het begrip voelde ze bijna via de telefoonlijn naar zich toestromen. De vrouw aan de andere kant was alleen maar vriendelijk en geduldig. Hannah beantwoordde een aantal heel gewone vragen. De mevrouw legde daarna alles rustig uit en vertelde ook wat ze mee moest nemen.

Nu Hannah juist hun site had gelezen, klonk het haar bekend en vanzelfsprekend in de oren. Ze mocht altijd terugbellen als ze nog meer wilde weten. Nee, tegen zo'n gesprek hoefde je echt niet op te zien en toch kreeg Hannah kramp in haar kaken van de spanning. Met een diepe zucht gaf ze Kasja het toestel terug.

'Overmorgen, tien uur,' zei Hannah. Op hetzelfde moment

drong het tot haar door dat ze een afspraak onder schooltijd had gemaakt, maar meer kon ze niet zeggen. Ze was op.

'We moeten absentiebriefjes hebben of ons ziek melden, anders krijgen we gedonder,' zei Kasja praktisch. Die leek het geen punt te vinden. Voor een noodgeval was altijd een smoes te bedenken.

'Jij meldt je tijdens het eerste uur ziek. Je bent zo bleek, ze geloven je direct. Je fietst naar je huis en belt op om dat te bevestigen. Ik ga een beetje later weg en kom bij je langs. Daarna gaan we samen verder, dat moet lukken.'

Vanaf klas vier mocht de leerling zelf naar school terugbellen om te melden dat hij veilig thuis was gekomen. De eerste drie jaren was een ouder daartoe verplicht.

'Ik heb zogenaamd een afspraak in het ziekenhuis, dat kan met een briefje. De handtekening van mijn moeder is een makkie, haar handschrift ook.'

'Dit had ik niet gekund,' fluisterde Hannah. 'Ik kon alleen maar hopen dat ik me vergiste. Dat het goed zou komen. Als ik het maar lang genoeg dacht, zou het gebeuren.'

'Het komt ook goed,' zei Kasja. Ze pakte Hannah's hand en gaf er een kneepje in. 'Soms is een beetje hulp genoeg. De rest moet je zelf doen. Daar moet je sterk genoeg voor zijn, hoor je. Jij mag kiezen, Hannah! Die mensen bij Stimezo werken daar niet voor niets. Ze staan achter de keuze die iemand maakt. Ze zijn er om je te helpen. Het is jouw lijf en jouw leven, dat is toch belangrijk!

Samen slopen ze de trap af. Hannah trok haar jas en schoenen aan. Ze durfde Kasja niet aan te kijken. Een moment stond ze zwijgend tegen de deur geleund. Ze zou nooit vertellen dat het met Jesse was geweest, maar ze was haar zó dankbaar. En ze was zó ontzettend opgelucht dat het geregeld was. De mist begon een beetje op te trekken in haar hoofd. Ze had de uitweg gevonden! Straks was alles voorbij.

Hannah klemde haar armen om Kasja's hals en de tranen sprongen in haar ogen.

'Dankjewel, ik ben je vreselijk dankbaar. Zo oneindig dankbaar,' zei ze hees. 'Echt waar.'

Kasja deed voorzichtig de deur achter Hannah dicht en ging op een traptrede zitten. Ze voelde zich plotseling ellendig moe van alle gebeurtenissen. De situatie had iets onwezenlijks, maar Hannah zat er middenin.

'We hebben altijd opgelet, maar toen gebeurde het gewoon,' had Hannah gesnikt. 'Ik dacht altijd dat je in het begin niet zo gauw... Dat het mij niet zou overkomen. Het moest natuurlijk niet misgaan.'

Ja, dat begreep Kasja ook. Op je zestiende zei je niet spontaan: kom, laten we eens een kind maken.

'Het is niet zijn schuld. Samen. Ook die van mij.'

Wie zou hij zijn? Hannah had niet verteld wie haar vriendje was. Ze had niet één keer zijn naam genoemd. Wie is hij dan, had Kasja willen vragen. Maar iets in Hannah had haar tegengehouden. Ze had opeens paniek in haar ogen gezien, anders dan daarvoor. Kasja wilde het voor haar niet moeilijker maken dan het al was. Hannah had haar in vertrouwen genomen en zou zich waarschijnlijk nog kwetsbaarder voelen als ze een naam zou noemen.

Toch dwaalden er een paar door Kasja's gedachten. Nee, die pasten niet in het totale beeld. 'Goddelijke lijven, maar ze moeten hun mond niet open doen', was Hannah's commentaar na een gezamenlijke pauze op school. Of, 'echt heel aardig, maar volkomen seksloos'.

Kasja kleurde opeens en kon zich bijna niet meer voorstellen dat ze datzelfde risico met Michail had aangedurfd.

Toch hadden ze het een paar keer gedaan, terwijl ze zo goed wisten dat het niet verstandig was. Zogenaamd rekening houdend met 'het groene licht' zoals Hannah het eens had genoemd. Gewoon omdat het zo spannend was, je niet meer wilde stoppen. Of juist van tevoren afsprak dat je echt precies op tijd kon stoppen. Wat natuurlijk mislukte. En vooral omdat je dacht, dat het niet zo'n vaart zou lopen. Omdat niets doen zoveel makkelijker was! Omdat ze helemaal zenuwachtig werd van het idee condooms te moeten kopen. Of een receptje voor de pil of iets dergelijks bij de apotheek te moeten inleveren. Alsof IK NEUK met koeienletters op haar voorhoofd gedrukt stond, en de hele wereld het zag. Het had net zo goed helemaal fout kunnen gaan!

Ze had ten slotte op het internet allerlei informatie over anticonceptie opgezocht, de voors en tegens gelezen. Het telefonische consult bij de huisarts en het wachten in de apotheek stelden achteraf niets voor. Ze was een van de velen. De snelle hartslag was alleen haarzelf opgevallen.

Na al die heldhaftige daden besloot Kasja het ook aan haar moeder te vertellen. Daar kwam ze min of meer niet onderuit, want die kreeg de rekeningen van de apotheek. Dat was nog even knap moeilijk geweest, omdat het op haarzelf betrekking had. Eigenlijk werd er thuis best vrij over seks gepraat en grapjes erover ging haar moeder zeker niet uit de weg, maar nu voelde alles opeens erg persoonlijk. Van verschillende kanten bekeken, bleef van het voornemen een eenvoudig rekensommetje over: Kasja hoorde liever stomme adviezen aan of gezeur met opgetrokken wenkbrauwen, dan de pil van haar eigen zakgeld te moeten betalen. Dat vond ze er niet tegenop wegen.

Ze had zich al helemaal schrap gezet voor een preek en zo'n

serieus gezicht. Maar tot haar immense opluchting had haar moeder met één zin gereageerd: 'Verstandig, hoor, dat is beter dan onnodig risico lopen.' Heel ontspannen had ze het gezegd. Ze had zelfs haar best gedaan er neutraal bij te kijken en niets gevraagd. Dat vond Kasja nog steeds tof. Ze hadden later gepraat. Toen ze zelf wou, dat was makkelijker.

'Zit jij hier zielig te zijn?' Met drie sprongen kwam Jesse naar beneden.

'Welnee, ik ben doodmoe.' Kasja stond op. 'Sorry, dat ik zo raar deed. Ik had even een dip.'

Jesse haalde z'n schouders op en dat betekende dat alles oké was.

'Ik heb een vreselijke spierpijn van het schaatsen,' vertelde Kasja. 'Hannah ook. We moesten er weer helemaal inkomen, dat viel niet mee.'

'Wat waren jullie vroeg vandaag. Laatste uur vrij?'

'We hadden lesuitval. Dat scheelde een paar uur.'

'Wat een mazzel.' Beiden liepen naar de keuken. In de hoek stond een blauw gebloemde tas en Jesse schudde grijnzend z'n hoofd. 'Junk, jij kunt ook geen tassenwinkel voorbij lopen zonder in vuur en vlam te raken. Je hebt alweer een nieuwe shopper.'

'Waar heb je het over? Ik heb helemaal geen... O, die coole blauwe, die is van Hannah. Hm, ze heeft haar spullen vergeten.'

Kasja haalde de vochtige handschoenen uit de tas en legde die op de verwarming. Ze begon de ijzers van de noren droog te wrijven. Jesse keek ernaar en kreeg een idee.

'Ik kan die schaatsen en handschoenen vanavond wel even bij Hannah afgeven,' stelde hij voor.

'Niet nodig,' zei Kasja snel. Op zijn bezoek zat Hannah echt niet te wachten. 'Ze gebruikt de schaatsen vandaag toch niet meer. Ik breng de spullen morgen.'

Jesse haalde z'n schouders op en stopte zijn handen in de zakken van z'n broek. De kaartjes voor het concert brandden tussen zijn vingers, die wilde hij maar wat graag aan Hannah laten zien.

'Het is geen moeite, hoor. Zelfs niet voor de honderdste keer,' zei hij luchtig. 'Om half acht heb ik immers een inhaaltraining. Ik fiets toch langs haar huis als ik naar de tennishal ga.'

Dat was waar. Kasja en Hannah hadden in al die jaren voortdurend dingen bij elkaar laten liggen. Die honderd keer was echt niet overdreven. Daarom kon ze beter reageren zoals altijd.

20

Hannah's jongste broer deed open en grinnikte toen hij Jesse onder de sneeuwvlokken op de stoep zag staan.

'*The Yeti himself*, kom erin. Ach, heeft Hannah weer eens wat bij jullie laten liggen?' vroeg Len met een blik op de tas en hij draaide zich al om. 'Ze zit boven.'

Jesse stampte z'n schoenen schoon en veegde over zijn jas. De meeste sneeuw liet hij achter op de mat in de hal. Hij liep de trap op en klopte. Hannah's stem was bijna niet te horen. Hij opende de deur van haar kamer. Er brandde een schemerlamp en Hannah lag op bed, tussen allerlei schoolboeken in. Maar ze had er niet een geopend, zag hij, en leek naar de muziek te luisteren.

'Jesse.'

Hannah sprong verschrikt overeind. Ze kreeg een kleur. Hij zou toch niets weten? Ze kon zich niet voorstellen dat Kasja iets zou zeggen, tegen wie dan ook. Zelfs niet tegen Sanne of Michail.

'Schrok je?' Hij hield de blauwe tas omhoog. 'Die had je laten liggen en ik moet toch naar de tennishal. Ik zal je niet gelijk het ijs op sleuren, hoor. Kasja vertelde dat jullie vergingen van de spierpijn.'

'Ja, behoorlijk, vooral mijn schenen en m'n rug,' zei ze, en lachte opgelucht naar hem. 'Je hebt nog sneeuw in je haar.' Hannah plukte aan een paar lokken. De sneeuw smolt tussen haar vingers.

'Het is een nogal heftig buitje.' Jesse wees naar buiten. Ze gingen samen voor het raam staan en keken naar de gestaag vallende witte vlokken. In het licht van de lantarenpalen en tussen de takken van de bomen dwarrelden ze naar beneden als in een andere wereld. Door de donkere hemel en de aura van licht vóélde je bijna de stilte van de sneeuw.

'Mooi, hè,' zei Hannah. Het kijken gaf een gevoel van gewichtsloosheid. Alsof je opsteeg en tussen de vlokken door kon zweven, onbestaanbaar zorgeloos.

'Ik heb nog wat voor je.' Jesse sloeg een arm om haar schouders en hield de kaarten vlak voor haar gezicht. 'Kijk eens.' Hannah pakte ze met beide handen aan. Kaarten voor de *Tindersticks*. Hij had het onthouden! In april zouden ze een concert geven in de Oosterpoort. En in april zou alles allang voorbij zijn! Zou het al vele weken voorbij zijn. Nog maar een paar dagen moest ze het volhouden. Moest ze de gedachte verdragen dat er iets in haar groeide waar ze van af wou. Waaraan ze eigenlijk totaal niet wilde denken, alleen maar zo snel mogelijk van af wilde. Ze voelde gelijk een brok in haar keel en de waterlanders. Onstuitbaar...

Jesse schrok ervan. Hannah in tranen, dat was nieuw. Ze hield hem zo stijf vast. Weggedoken in zijn jas schokte ze alsof ze nooit meer op zou houden. Verbaasd sloeg hij zijn armen wat steviger om haar heen. Dat een kaartje zoveel losmaakte...

'Hannah toch,' zei hij zacht. Wat was dit nou? Hij probeerde het met een grapje. 'Volgende keer zal ik je heel langzaam voorbereiden. Zal ik je eerst de helft laten zien.'

Ze lachte door haar tranen heen. Dat stelde hem wat gerust.

'O, J..Jesse, w..wat fijn,' snikte ze.

Hij rook zo vertrouwd. Ergens heel diep waren de woorden voor hem. Kriebelde het verlangen om het te vertellen. Hannah kon het niet. Niet nu. Niet omdat ze benauwd was dat hij kwaad op haar zou worden. Daar had ze niet eens bij stilgestaan, zo'n type was hij niet.

Maar als hij het zou weten, zou het nog moeilijker worden! Alles wat ze zelf had gevoeld zou ze op zijn gezicht lezen. Dan kroop zijn emotie ook nog bij haar naar binnen. En dan zou het echt van hun tweeën zijn. Ze zou de afstand kwijtraken die ze nu kon voelen. Die ze als bescherming nodig had om alles vlot te kunnen doen. Om niet nog banger en zenuwachtiger te worden voor al dat onbekende. Want dat was ze.

Ook al had ze niet een keer getwijfeld over haar antwoord op de wat-nu-vraag. Ja, er waren andere mogelijkheden, maar niet voor haar. Nee, nee! Al veranderde OTB soms tergend langzaam in Oo-Tee-Baby, wilde ze geen zachte, lieve babywangetjes strelen. Zelfs niet als je zo'n kind kon opvouwen en tevoorschijn kon halen als het je uitkwam. Helemaal niet! Ze waren veel te jong! Over 15 jaar? Wist zij veel. Ooit... misschien. Niet nu, *never nu*! Geen haar op haar hoofd die aan iets anders dacht. Ze verlangde met heel haar hart naar het moment dat alles voorbij zou zijn, dat haar vrolijke leventje verderging. Het leven waarin ze gelukkig was en steeds nieuwe plannen voor de toekomst bedacht.

'Het is maar een avondje muziek, hoor,' zei Jesse en hij streelde haar natte wangen. Hij voelde zich hulpeloos en hield haar stil tegen zich aan totdat het schokken bedaarde. Hannah knikte, snifte nog wat na.

'Het lijkt me echt super om er samen naartoe te gaan.' Ze zocht een zakdoek.

'Hier.' Jesse gaf haar een van papier uit een pakje. Dat was tenminste iets concreets dat hij kon doen. 'Gaat-ie?'

'Het gaat alweer. Alles oké.' Hannah's stem klonk nog een beetje schor en bibberig, maar ze knikte. Zo overtuigend, bijna zakelijk. 'Heb je nu training?'

'Ja, straks, mijn tas staat beneden.' Jesse was toch wat opgelucht dat de onnavolgbare huilbui over was. Van tevoren had hij verscheidene blije reacties van Hannah bedacht, maar deze was niet bij hem opgekomen.

'Ik wilde niet op de terugweg langskomen. Als je wat gedronken hebt in de kantine, stink je een uur in de wind naar oude volle asbakken.'

'Ja, vet smerig. Alle verloren calorieën worden daar weer aangevuld met bier en sigaretten,' zei Hannah, die zelf vaak genoeg in de kantinegeuren had gezeten.

'Ze zullen wel niet allemaal komen trainen. Het is een dikke troep buiten. Geen weer om te fietsen.' Jesse had z'n hand al op de deurklink.

Hannah glimlachte tegen hem. 'Alleen de diehards gaan door.'

Haar ogen en wangen waren nog een beetje rood. Maar iets in haar ogen zag er zo kwetsbaar uit. Hannah keek anders dan anders. Jesse deed de deur weer dicht en gaf haar een zoen.

'Gaat het echt?'

'Het is vast het schaatsen. Gaat vanzelf over,' antwoordde ze quasi nonchalant. Maar ze had zijn bezorgdheid wel gemerkt en die maakte haar helemaal zacht van binnen. Ze gaf hem een zoen terug. 'Ik mag de laatste geven.'

Dat vond hij leuk. Hannah zei het altijd aan het einde van hun

afspraken op de speciale dagen. De dagen van de sms'jes.
Het was een spelletje geworden. Soms heel uitdagend.
'Een verjaardagszoen of een kus?' zei Jesse plagend. 'Want
officieel moet ik de eerste dan nog geven.'
Hij sloeg zijn armen om haar heen en keek zo blij. Voor
even verdween de nare spanning, vergat Hannah haar problemen. Ze koos voor de laatste.
'Nu ik,' zei ze.
'Nu ik,' zei hij daarna, 'want dan moet jij weer.'
Ze merkte dat hij er opgewonden van raakte. Het bracht
haar plotseling op een idee. Als ze het nu eens deden? Flink
wild, terwijl ze boven op hem zat. Niks geen romantisch
gedoe, maar snel en heftig. Dat zou vast hartstikke slecht
zijn als je net zwanger was. Ze kon er misschien voor zorgen dat alles nog goed kwam.
Oh, wat een prima idee! Het bracht zo'n opluchting. Dan
kon ze morgen afbellen en zou er hooguit een contro-
lebezoek volgen. Wat een hoopvolle gedachte was dat.
Niemand in huis zou het vreemd vinden dat Jesse even
was blijven kletsen. Ze zouden het niet eens in de gaten
hebben.
'Wacht even. Ik heb een geweldig idee.' Met een resoluut
gebaar schoof Hannah het schuifje op haar deur naar voren. 'Op slot.'
'Wat?' Jesse keek haar verbaasd aan, maar Hannah's gezicht gaf het antwoord. 'Nu?'
'Doe je jas maar uit.' Ze trok aan de mouwen.
'Maar iedereen is er toch?'
'Alleen Len. Hij zit met z'n nieuwe vriendin te eten en
naar een film te kijken. Beneden heeft hij een groter beeld.
Die hopen alleen maar dat ik niet kom storen.'
'Denk je?' Zijn jas en das gleden op de grond.

'Ik weet het heel zeker,' zei Hannah. 'Je hebt toch nog wel vijf minuten?'

Ze had de knopen van z'n broek al losgemaakt en hij voelde haar verleidelijke handen.

'Maar eigenlijk moeten we niet…,' protesteerde hij nog zwak.

'Het is top safe,' viel Hannah hem in de rede. Ze troonde hem mee naar haar bureau en zette de stoel in de laagste stand. 'Ga daar maar zitten.'

Jesse kwam te laat voor de training. Ondanks het geploeter door de sneeuw was zijn humeur met sprongen gestegen. Hannah was nog met hem mee naar beneden gelopen en zwaaide hem zelfs langdurig uit. Dat was nog niet eerder voorgekomen.

Het was een goed teken, dacht hij tevreden. Eigenlijk wilde hij graag meer dingen samen doen, maar ze maakte nooit opmerkingen in die richting. Hij vreesde dat ze al gauw vond dat een relatie te 'bezitterig' werd. Zelfs de laatste maand had ze nooit gevraagd: 'hou je ook van me?', en er was echt wat veranderd tussen hen. Voor Hannah leek dat alleen te gelden voor hun speciale afspraken. Dat gaf toch niet zo'n zeker gevoel, vond hij. Hoe spannend hun relatie ook was.

Hij zocht naar iets wat ze leuk zou vinden. Het concert kwam als geroepen. Hij wilde haar zo graag een plezier doen, verrassen. Zodat ze zou begrijpen hoe geweldig hij haar vond. Die ene lange dag in december die ze samen hadden doorgebracht was super geweest. Dat drong vooral achteraf tot hem door, toen alles weer stiekem en haastig moest. Die dag had hem zo'n vol gevoel van saamhorigheid gegeven. Het had hen boven het alledaagse uitgetild. Dat miste hij nu. Hannah moest dat toch ook gevoeld hebben? Daarna was het anders geworden tussen hen. Dat had hij dadelijk gemerkt. Zelfs haar mailtjes leken iets extra's te bevatten, niet alleen haar ogen en haar glimlach. Het was zo veranderd dat ze zei: 'Ik wil alles. Nu'.

Die blik in haar ogen had iets breekbaars gehad, maar was oneindig dichtbij. Als Jesse daaraan terugdacht werd het beeld wazig en overspoeld door het gevoel dat haar woorden in hem hadden losgemaakt. Waaraan hij geen enkele weerstand meer had kunnen bieden. Die ochtend niet en enkele keren erna niet. Ook al hadden ze zich zo voorgenomen het wél te doen. Maar nog meer dan anders leek er niks meer om hen heen te bestaan. Soms gebeurde het gewoon...

Eind januari hadden ze elkaar nauwelijks gezien. Ze hadden toetsweek en dat kostte extra voorbereiding. Hij wilde sowieso hoge cijfers halen om genoeg compensatie op te bouwen voor het eindexamen. Het was irritant dat hij niet zomaar even bij Hannah langs kon gaan. Hij werd altijd vrolijk van haar gezelschap, niet alleen wanneer er gezoend werd. Alsof ze het aanvoelde, had Hannah hem opeens gebeld. Ze had een leuke dvd gehuurd, zei ze, en of hij zin had om samen te kijken. Er was verder niemand thuis.

Hij was naar haar toe gegaan, blij en enthousiast over haar onverwachte vraag. Ze hadden op haar kamer zitten kletsen met een mok thee. Het was gewoon tof geweest. De dvd waren ze vergeten, totdat Hannah lachend zei dat ze nu echt moesten gaan kijken. Anders zouden ze het einde van de film niet voor twaalven halen.

Ze hadden de hélft van de film nog niet eens gehaald. Het begon alleen maar met een arm om haar heen, een zoen. En opeens was er weer die enorme opwinding, zin in elkaar. Zijn geweten begon te knagen over de risico's die ze hadden genomen. Die ze ook nu weer zouden nemen als ze niet zouden ophouden, want Hannah had de dvd al op pauze gezet. Jesse wilde er iets over zeggen. Maar dat deed hij niet. Omdat ze haar trui had uitgetrokken, omdat hij voelde waar haar handen naartoe gleden. Ze konden zo toch niet doorgaan? Ze moesten over alles praten.

21

Het was bijna tien uur. Hannah en Kasja liepen het laatste stukje. Voor deze gelegenheid had Hannah zelfs een das omgeknoopt, waarin ze half met haar hoofd was ondergedoken. Kasja's fiets stond op een neutrale plaats, dat gaf een prettiger gevoel. Vandaag moest alles zo anoniem mogelijk. Hannah voelde haar knieën knikken voor de houten deur op de singel en de zenuwen gierden door haar lijf. Ze klappertandde ervan en in haar opwinding kon ze de bel niet vinden.

'Dat zal 'm zijn,' zei Kasja en wees naar links.

'Een bel zit nooit zover naar links,' reageerde Hannah onzeker. 'Die moeten we vast niet hebben. Die zal van de buren zijn. Hoe komen we binnen?'

Ze duwde de klink naar beneden, maar dat hielp niet. Kasja haalde haar schouders op.

'Ik probeer deze bel gewoon. Als het de verkeerde is, merken we dat vanzelf.'

Ze drukte er al op nog voordat Hannah een tegenwerping kon maken. Vrijwel gelijk klonk er een zoemend geluid en konden ze naar binnen. De stenen hal had witte muren en blauwe deuren. De vloer was donker. Het deed een beetje kaal aan. Naast een van de deuren wees een schuine pijl naar rechts. Ze liepen de trap op die eindigde in een kleine wachtruimte. Er kwam een aantal gangen op uit, zodat je het gevoel kreeg alle kanten op te kunnen. Tegen een oranje wand stond een rijtje stoelen. Een was bezet door een man, die de hele tijd naar de zwarte en witte tegels op de vloer bleef kijken. Achter het glas van de balie waar je je moest melden, zat een jonge vrouw die Elly heette. Ze zag er aardig uit en vroeg of ze ergens mee kon helpen.

'Ik heb om tien uur een afspraak,' bibberde Hannah. Het goed articuleren ging wat moeizaam.

De paar formaliteiten werden afgehandeld en Hannah kreeg twee velletjes papier plus een folder vol informatie.

'Jullie kunnen hier links plaatsnemen in de wachtkamer. Je hebt de tijd om rustig de vragen te beantwoorden,' zei de receptioniste, en wees op het ene vel. 'Dan kom ik straks naar je toe en kunnen we hiernaast even je gegevens opnemen.' Hannah had in een oogopslag vastgesteld dat ze niemand van de aanwezigen kende. Maar hoogstwaarschijnlijk sloot ieder een hier zwijgend een pact van geheimhouding. Ze was niet de enige nerveuze wachtende. En gelukkig ook niet de jongste, dacht ze. Niemand zei wat, en niemand zat ook nieuwsgierig rond te kijken, zoals in de wachtruimtes van huisartsen of ziekenhuizen.

De medische vragenlijst was geen punt, want ze kon bijna bij alle vragen 'nee' aankruisen. Het tweede formulier hoefde ze alleen maar door te lezen en te ondertekenen.

'Je gaat straks mee, hè?' fluisterde Hannah zenuwachtig.

Kasja knikte. 'Als jij dat graag wilt, blijf ik bij je.'

Enige tijd later haalde Elly hen op. In een klein zijkamertje werden Hannah's gegevens in de computer opgeslagen. De vrouw legde op haar gemak de procedure uit en verzekerde Hannah, dat ze alles kon vragen wat ze wilde weten.

'Ik wil heel graag dat Kasja erbij blijft,' zei ze. 'Dat mag toch?'

'Natuurlijk, jij mag het zeggen. Het gaat erom dat jij je op je gemak voelt. Als je dat prettig vindt en als Kasja het ook wil, vinden wij dat geen enkel probleem.'

Hannah zou straks eerst een gesprekje krijgen met Lia, een verpleegkundige, en die zou haar later naar dokter Terhul brengen. Met haar zou Hannah ook nog een praatje maken. Daarna zou de dokter een echo-onderzoek doen en als de echoscopie de zwangerschap duidelijk aantoonde, kon de behandeling verdergaan.

'En anders?' vroeg ze. 'In de folder stond iets over uitstellen, geloof ik.'

'Dat klopt, als de zwangerschap niet goed zichtbaar is, moet je later terugkomen en wordt de echo opnieuw gedaan,' zei Elly. 'Je zit dan niet met die vijf dagen bedenktijd, hoor, ook al is de zestiende dag van de 'overtijdperiode' voorbij. Dat wordt wél heel vaak gedacht.'

Ze glimlachte. 'Die vijf dagen gaan in, zodra iemand ons belt voor een afspraak of de huisarts erover spreekt. En voor jou is die periode überhaupt niet van toepassing. Maar de echo móét de zwangerschap aantonen.'

Elly zweeg, alsof ze de woorden goed tot Hannah wilde laten doordringen. 'De behandeling kan namelijk mislukken als je die te vroeg uitvoert. Het vruchtzakje is dan te klein om het goed te kunnen zien. Als het mislukte, zou je nog een keer behandeld moeten worden. Dat is natuurlijk heel belastend, dus dat risico nemen we liever niet. Er staat ook in de folder, dat ná de behandeling direct wordt gecontroleerd of het vruchtzakje inderdaad is verwijderd. Dan weet je dus zeker of de abortus geslaagd is.'

Hannah wist niet eens meer of ze dat gelezen had. De

tekst in de folder was maar half tot haar doorgedrongen.

'Vruchtzakje.' Jakkes, dat vond ze een vreselijk woord.

'Hoe gaat dat?'

'Het weefsel dat is weggezogen, wordt nagekeken. Je ziet dat niet, hoor,' zei Elly met een geruststellend aaitje over Hannah's arm, want die keek opeens erg onzeker. 'Dat doen ze in een andere ruimte, maar je hoort gelijk of het goed is gegaan.'

'Mag ik iets vragen?' zei Kasja.

'Ja, zeker.'

'De kans dat je wél iets op een echo ziet is dus veel groter op de vijftiende of de zestiende dag, dan op de twaalfde?'

'Ja, inderdaad. Daarom heb ik voor jou de afspraak voor vandaag gemaakt,' antwoordde Elly met een knikje naar Hannah. 'En daarom vraag ik ook heel precies door over de menstruatie en het aantal overtijd dagen, als er gebeld wordt voor een afspraak. Het komt vaak voor dat vrouwen zich toch vergissen en een verkeerde berekening maken. Het is erg belangrijk om dat te controleren.'

Hannah knikte terug. 'Waarom moet je nu bedenktijd krijgen als je het al weet? Dat lijkt me afschuwelijk... Je komt hier immers niet voor je plezier. Je wéét toch wat je wilt. Vinden ze dat niet vreselijk?'

'Dat is wettelijk vastgesteld, dus we moeten ons daar aan houden. Trouwens, we krijgen anders ook een flinke boete. Maar je hebt gelijk, hoor,' zei Elly. 'Meisjes en vrouwen die hier komen en met die vijf dagen te maken krijgen, zeggen bijna allemaal dat ze die tijd niet nodig hebben. Ze vinden het heel moeilijk om te wachten.'

Hannah zat mee te knikken. Ze kon zich er alles bij voorstellen.

'Als iemand er wel over moet nadenken, komt dat altijd

naar voren in de gesprekken,' vertelde Elly. 'Doorgaans al gelijk in het eerste telefoongesprek en dan krijgen ze de tijd, natuurlijk.'

'Dan zit het dus helemaal niet op vijf dagen vast,' constateerde Kasja. 'Iedereen is natuurlijk bloedzenuwachtig. Je hebt hartstikke veel vragen, wilt van alles weten en in je hoofd loopt alles door elkaar. Dan ben je blij dat het veilig is om alles heel rustig door te praten, denk ik.'

'Zo is het. Daarom worden ook de gesprekjes gehouden, die heeft de één meer nodig dan de ander. Iedereen krijgt uiteindelijk alle hulp die nodig is. En alle tijd die wenselijk is om tot een besluit te komen, ook zonder die wet.'

'Ik wil de zuigcurretage,' zei Hannah, en slikte. 'Dat is mijn besluit. Maar misschien bedenken sommigen zich.'

Elly knikte vriendelijk. 'Iedereen heeft hier nog steeds de vrijheid om het besluit te nemen waarmee ze vrede hebben.'

'Ik had de abortuspil ook kunnen kiezen, omdat ik op tijd ben.'

'Ja, je kunt ook voor de abortuspil kiezen, maar niét als je de overtijdbehandeling geheim wilt houden. Je huisgenoten moeten op de hoogte zijn in verband met eventuele ernstige nabloedingen. Als het niet goed gaat, moet iemand op tijd een arts kunnen waarschuwen.'

Hannah had voorlopig geen vragen meer en ze liepen terug naar de wachtkamer. Het zou niet lang meer duren, werd hun verzekerd. De stoelen waarop de twee jonge meisjes hadden gezeten, waren leeg.

Amper vijf minuten later verscheen er een mevrouw met kort grijs haar. Ze hield een clipboard in haar linkerhand en haar zachte bruine ogen bleven op Hannah rusten.

'Gaan jullie mee?' zei ze vriendelijk.

De werkelijkheid was definitief begonnen...

Ze stelde zich voor als dokter Terhul en verzekerde Hannah en Kasja nogmaals dat ze alles konden vragen wat ze wilden weten.

'Ik dacht dat ik eerst met een verpleegkundige zou praten,' zei Hannah, nadat ze gelijk weer had gemeld dat ze Kasja graag bij de behandeling wilde hebben.

'Dat was ook de bedoeling,' gaf de dokter toe, 'maar haar vorige afspraak loopt onverwachts uit en je zou lang moeten wachten. Omdat je daarna toch een gesprekje met mij zou hebben, doen we het op deze manier. Als je dat goed vindt.'

Hannah haalde haar schouders op en knikte. Het maakte haar niets uit. 'Oké.'

'We praten erover hoe jij tegen de situatie aankijkt. Hoe je zwanger bent geraakt, wat je ervan vindt.' Dokter Terhul liet een pauze vallen voordat ze verder sprak. 'We bekijken hoe je tot dit besluit bent gekomen en hoe je het nu graag wilt hebben. Ik vertel jou ook wat we hier doen. We praten over alle mogelijkheden waarvoor je kunt kiezen als je ongewenst zwanger bent.'

De arts sprak rustig, alsof ze een hele dag de tijd hadden. Hannah voelde zich ietsje kalmer worden, maar de hartkloppingen en de kriebels verdwenen niet helemaal.

Vriendelijk, maar zonder omwegen stelde dokter Terhul haar vragen. Al klonk er geen enkel verwijt in de stem van de arts, voelde Hannah zich toch ongemakkelijk. Ze legde min of meer uit hoe het was gekomen, maar vertelde alleen wat ze kwijt wilde. Het leek al stom genoeg om geen condoom te gebruiken, en ze zorgde ervoor Jesses naam niet te noemen.

Hannah wilde eigenlijk beginnen. Dan zou ze het tenminste

gehad hebben. Ze hoefde niet langer te praten over andere mogelijkheden. Ze had niet gevreeën om een kind te maken. Ze wilde geen moeder worden en hoefde niets meer te horen over adoptie of wat dan ook. Over alles was gesproken en Hannah had het allemaal begrepen, zo onnozel was ze ook weer niet. Hoe lang zaten ze al niet te kletsen? Ze had er genoeg van. Hannah wilde het liefste weer buiten lopen, want dan zou alles achter de rug zijn.

'Hoe gaat het straks?' vroeg ze maar.

Ze zou eerst een echoscopie krijgen en inwendig onderzocht worden, twee pijnloze onderzoeken. Dokter Terhul legde uit wat haar te wachten zou staan. Hannah luisterde zwijgend. Het werd allemaal duidelijk uitgelegd, dat snapte ze wel. Ze knikte maar zo nu en dan om dat te laten merken. Ten slotte schraapte ze haar keel, die voelde wat dik.

'Ik heb er van alles over gelezen op jullie site,' zei ze zacht, haar stem trilde. 'De zuigcurretage is veel sneller voorbij. Daarom lijkt het me ook minder lang pijnlijk dan de abortuspil. Dan ben ik er tenminste van af. Ik wil er gewoon van af zijn. Dat heb ik ook al tegen Elly gezegd. En je hebt gelijk de zekerheid dat alles gelukt is, zei ze.'

'Dat is waar,' knikte de dokter en ze vertelde wat meer details. 'Bij de curettage ga ik beginnen met de verdoving, met een paar prikjes. De baarmoedermond kunnen we helemaal gevoelloos maken. Gewoon via de vagina, niet dwars door je buik. Maar als er tijdens de behandeling in de baarmoeder wordt gezogen, zul je wel pijn voelen. De ene vrouw een beetje meer dan de andere. Meestal verdwijnt die pijn gelijk als we klaar zijn.' Ze glimlachte troostend.

'Je ligt ongeveer een kwartiertje in de behandelkamer, Hannah, want daar doe ik ook de echo. Máár, en dat vind je vast prettig om te weten, de behandeling zélf duurt amper vijf minuten. En Kasja kan de hele tijd bij jou blijven, als je dat fijn vindt. Ook in de rustkamer. Vriendjes mogen niet mee, maar vriendinnen wel.'

Hannah zond een dankbare blik naar Kasja. 'Wilt u óók tegen mij zeggen wát u gaat doen op het moment zelf? Het is makkelijker voor mij als ik dat weet, en als ik kan zien wat u gebruikt. Als dat mag tenminste. Dan ben ik minder zenuwachtig.'

'Jij mag precies aangeven hoe je dit alles het liefste wilt hebben,' zei mevrouw Terhul met een glimlach. 'Gewoon alles zeggen, hoor, niet denken dat het verkeerd is. Alles vragen en zeggen wat je wilt.'

Op neutrale toon informeerde de arts even later naar het gebruik, in dit geval het ontbreken, van voorbehoedsmiddelen. Hannah voelde zich weer ongelooflijk sullig, ondanks dat er geen enkele beschuldiging viel. Diverse showmodellen kwamen tevoorschijn, met begeleidende uitleg. Hannah voelde zich zo mogelijk nog ongemakkelijker, want eigenlijk wist ze het allemaal. Ze hadden er alleen geen gebruik van gemaakt.

'Veel jongeren denken nog steeds dat je niet zwanger kunt worden als je voor het eerst seks hebt. Dat is niet waar, ook in het begin kun je zwanger raken en ook in elk standje. Of je nu staat, ligt, zit of aan de ringen hangt in een vogelnestje of na het vrijen naar de wc gaat om te proberen alles uit te plassen, het maakt niet uit! Het risico op een zwangerschap blijft. Ik noem het een risico, als het niet de bedoeling is dat vrijen gevolgen heeft. Daarom praten we nu over de morning-afterpil en alle voorbehoedsmiddelen.'

Hannah kon voor een maand de pil meekrijgen. Als ze voor een spiraaltje zou kiezen, kon dat direct in de baarmoeder geplaatst worden na de OTB. Voor het laatste schrok ze terug. Dat leek haar eng, nu helemaal. Er moest alleen iets uit.

'Dat hoef ik niet. Later misschien, dat weet ik nu niet. Ik wil...' Hannah aarzelde en bloosde. Ze kon hier echt niet over seks nadenken, maar ze zou geen enkel risico meer nemen, dat was zeker! Ze wilde de pil, geen condooms. Stel je voor dat zo'n ding scheurde. Ze wilde in ieder geval weten dat ze zelf voor veiligheid had gezorgd. Het gaf gewoon een raar gevoel hier, en ook tegenover Kasja.

'We kunnen daar in je rustpauze verder over praten. Misschien heb je over iets anders nagedacht de laatste dagen en heb je al een voorkeur,' bood dokter Terhul aan. 'Er zijn genoeg betrouwbare mogelijkheden om een zwangerschap te voorkomen. Want al onderbreek je het vrijen heel vroeg, dan hoeft dat zeker niet safe te zijn. Veel jongelui denken dat ze op die manier voorzichtig bezig zijn. Maar ook al is een jongen nog niet in een meisje klaargekomen, blijft het nog steeds onveilig. Voordat er een zaadlozing komt, wordt er voorvocht aangemaakt bij een man en ook daarin kunnen spermacellen zitten. Je kunt dus zwanger raken zonder veel te doen, begrijp je?'

Hannah knikte met een hoofd als een biet.

'Het maakt ook niet uit of jij wel of niet bent klaargekomen en of iemand het wel of niet fijn vindt. Als je een vriend hebt en jullie vrijen, kun je beter zorgen dat het veilig gebeurt. Lijkt dat jou ook niet het beste?'

Hannah's stem werkte niet echt mee, ze knikte maar weer.

'Als je de pil wilt gaan gebruiken, kun je daar vandaag mee beginnen. Je bent direct beschermd,' legde de arts uit. 'Je bent beschermd tegen een volgende zwangerschap, maar níét tegen SOA's. Ik begrijp dat je één vriendje hebt, maar ik waarschuw er altijd voor tegenwoordig. Een SOA is namelijk zo opgelopen als je met verschillende vriendjes vrijt.'

'Dat doe ik niet,' mompelde Hannah. Bovendien stond vrijen voorlopig bepaald niet in haar top tien.

'Het is raadzaam om de eerste twee weken na de overtijdbehandeling geen seksueel verkeer te hebben,' ging de dokter verder, 'én geen tampons te gebruiken. Het is om de kans op infectie zo klein mogelijk te houden, begrijp je. Je moet daarom ook niet gaan zwemmen of een bad nemen. Wat niet wil zeggen dat je alle hygiëne moet vergeten.' Ze lachte. 'Je wassen en douchen is natuurlijk prima. Snap je? Na die twee weken kun je alles weer doen wat je voor de OTB ook deed. Vrijen doet geen pijn of zo. Daar hoef je echt niet bang voor te zijn. Je kunt later óók gewoon kinderen krijgen, als je wilt wel tien.'

Tien. *Rijke Grieken hebben geen tien kinderen...* Ze moest er opeens aan denken.

'Tja, Hannah, je krijgt een heleboel te horen in één keer. Dat is misschien een beetje veel, maar het staat ook allemaal in onze folder. Thuis kun je alles rustig nalezen en als je later nog vragen hebt, aarzel dan niet om te bellen.'

'Ik weet alles nu wel.' Hannah kon geen enkele vraag meer bedenken en kreeg het gevoel dat ze er al uren zat.

'Na afloop krijg je van ons de papieren met je gegevens mee,' zei dokter Terhul tot slot. 'Die zijn voor jou, je hoeft die papieren aan niemand te laten zien. Wij brengen je huisarts níét op de hoogte van de behandeling. Omdat je niet naar hem of haar toe gegaan bent, hoeft hij het niet te weten als je dat niet wilt. Wij regelen wél de betaling. Je ontvangt dus geen brieven of rekeningen thuis. Jij beslist helemaal zelf met wie je erover wilt praten...'

22

Bij het verlaten van de kamer bleven ze verbluft staan. Kasja en Hannah keken elkaar aan. Op de muur hing een schilderij dat ze allebei kenden.

pas achteraf
en traag
als wier in water
dat oneindig meedeint met de stroom
vormt zich een woord
dat openbreekt
doorzichtig maakt
en toont
dat toekomst
er al was

Donkerblauw waren de woorden met donkergrijze, groen-bruine en okeren accenten. Ze staarde naar de kleuren. De hele tijd hadden ze er met hun rug naartoe gezeten. Hannah's plotselinge blos trok langzaam weg. Ze kon het nauwelijks geloven.
'Hoe bestaat het,' zei Kasja. Haar stem klonk zo verbaasd,

dat de ogen van de arts nieuwsgierig van haar naar Hannah dwaalden.

'Wat bedoel je?' vroeg ze.

'Het schilderij,' mompelde Kasja. 'Dit schilderij hebben wij volgens mij zonder de woorden gezien. Het lijkt er echt sprekend op.'

'Dat kan best zijn. Ik heb het eind vorig jaar gekocht op Ameland,' vertelde de arts. Ze wierp een blik op haar horloge en besloot blijkbaar dat ze nog een minuutje voor ontspanning hadden.

'Daar maakte ik tijdens een tentoonstelling kennis met de kunstenares. Ze vertelde dat het schilderij eigenlijk nog niet klaar was, het gedichtje ontbrak. Dat idee had ze pas later gekregen. Het sprak me zo aan, dat ik het heb gekocht.'

Om het uitgerekend op deze plek tegen te komen! Hannah zag de bleke ogen weer voor zich.

'Zullen we maar doorlopen?' onderbrak de arts haar gedachten. Ze opende geluidloos de deur. 'Dan zal ik even voorgaan naar beneden.'

Hannah's hart dreunde bij elke stap die ze deed en nog tien keer tussentijds. Ze voelde Kasja's arm om zich heen, maar ze durfde haar niet aan te kijken, zo kneep het in haar keel.

Onder aan de trap, in de gang, bleef dokter Terhul staan en wees op een deur.

'Hier is de rustkamer, daar kun je je straks verkleden.'

Midden in haar zin werd de deur geopend door een vrouw, die Hannah nog niet eerder had gezien. Ze bleek de verpleegkundige te zijn.

'Hallo, Hannah, daar ben ik dan eindelijk. Ik heet Lia, sorry dat het even duurde. Zal ik je spullen aannemen?'

Ze nam de tas van Hannah over.

'De behandelkamer is aan deze kant,' zei de arts en ze ging een ruimte aan de linkerkant van de gang binnen.

Hannah slikte. Kaal, witte tegeltjes, linoleum, een stalen aanrecht, tl-verlichting, een onderzoektafel, apparatuur... Het hoognodige. Niks om je te verstoppen, om warme gevoelens op te roepen. Als je al twijfelde zou je er nooit binnenlopen en met je benen wijd blijven liggen.

'We zullen er eerst even de echo maken en het inwendige onderzoek doen. Het doet geen pijn, maar dat had ik je al verteld.'

Hannah lag op de onderzoektafel met koude gel op haar buik. De arts drukte het apparaatje dat ze in haar hand hield er stevig tegenaan en bewoog het langzaam heen en weer. Ze zat naar een monitor te kijken en maakte 'hm-hm' geluiden.

'Over jouw zwangerschap bestaat geen twijfel, die is duidelijk vast te stellen,' zei de dokter tegen Hannah. 'Je zei, dat je graag alles wilde zien. Als je wilt, mag je meekijken. Dan draai ik de monitor, zodat jij het ook kunt zien. Er is niks griezeligs aan.'

'Ik heb weleens een foto van een echo op de tv gezien,' antwoordde Hannah. Nu het haarzelf betrof, voelde het toch een beetje anders, maar ze zag helemaal niets herkenbaars. Haar eerste associatie was dat het apparaat storing had, dat het juiste beeld nog moest verschijnen.

'Dat kleine zwarte vlekje met het witte randje, daar gaat het om,' wees de arts aan. 'Dat duidt de zwangerschap aan.'

'Is dat alles?' zei Kasja verbluft. Ze sloeg verschrikt haar hand voor haar mond en keek naar Hannah, alsof ze bang was dat het voor haar een ongepaste opmerking was.

'Dat dacht ik ook.' Hannah's stem klonk opgelucht. Ze was blijkbaar niet de enige die onwillekeurig menselijke vormen had verwacht. Ook al wist ze beter.

Hannah vroeg zich af waarom dokter Terhul het woord 'zwangerschap' bleef gebruiken. Was dat om je tot het laatste te laten beseffen waar je mee bezig was? Wat je ging onderbreken? Of werd je indirect aangespoord het niet nog eens zo ver te laten komen en anticonceptie te gebruiken? Misschien was het ook pure gewoonte als je zolang dit werk deed. Ze durfde het eerst niet te vragen, maar toen ze het opnieuw hoorde, deed ze het toch. Dokter Terhul keek haar glimlachend aan.

'Iedereen is hier vrij om te kiezen, daar staan we achter en we zijn er om te helpen. Maar het moet wel tot iedereen doordringen, dat ook een overtijdbehandeling een abortus is,' antwoordde ze vriendelijk. 'Dat zwarte vlekje zou zich verder kunnen ontwikkelen en levensvatbaar kunnen worden. Je kunt er nu nog heel vaag over praten. Maar niemand is ermee gediend, om pas ná de overtijdbehandeling te beseffen dat ze in wezen een zwangerschap hebben afgebroken. Dat gaan we niemand inwrijven, maar dat ontkennen we net zo min, begrijp je.'

'Daar zit wat in,' mompelde Hannah.

Ze had zich verkleed. Haar spulletjes lagen in de rustkamer. Kasja was bij haar. In het begin probeerde Kasja voortdurend geruststellend te kijken, maar ze was eigenlijk steeds stiller geworden.

Het is zover, dacht Hannah. Ze lag opnieuw onder de tl-lampen en was vreselijk onzeker over de pijn die het met zich mee zou brengen. Het liggen in de behandelkamer met je benen wijd in de beugels was het ergste moment dat Hannah tot nu toe in haar leven had meegemaakt. Een zwangerschap werd beëindigd. Het weten dat het nu ging gebeuren was onwerkelijk en superecht tegelijk: de zacht gesproken zinnen van de arts, die vertelde wat ze ging doen. Het ontsmettingsmiddel dat koud en vochtig was. Dat zo'n massieve kilte tussen Hannah's benen veroorzaakte, dat haar onderlichaam niet meer als een deel van haar voelde. Het metalen speculum dat naar binnen ging. Hannah hield haar adem in. Haar hart ging als een razende tekeer. O, die prik zou komen, die vreselijke prik. Ze betwijfelde of ze het aan zou kunnen.

De verpleegkundige glimlachte blijmoedig, maar hield haar ondertussen scherp in de gaten. Die hand op een knie, de zachte zinnen. De vrouw probeerde de spanning draaglijk te maken. Hannah zag het best. Ze trilde. *Het moest voorbij zijn!*

'Gaat het, Hannah? Gaat het, meisje? Hannah?'

Langzaam werd ze weer compleet.

'Misschien gek, maar ik... ik ben vooral bang voor de prik,' zei ze hees. Daarna zou de verdoving werken. Althans gedeeltelijk. 'Ik weet niet hoe zeer die doet.'

Doe het vlugger. Toe maar. Al het andere wou ze! Zo snel mogelijk! Sinds de afspraak had ze zich daaraan vastgeklampt.

'De prikjes vallen heel erg mee,' zei de arts kalm, maar Hannah werd altijd achterdochtig bij '-je' woorden. 'Probeer maar zo ontspannen mogelijk te liggen en rustig te ademen. Als je je ontspant heb je minder last van alles. Ik ga eerst hiermee de baarmoedermond ontsmetten... zo. En ik ga je nu de prikjes geven...'

Met steenkoude handen hield Hannah Kasja's hand vast, maar ze kneep niet eens zo hard. Het viel inderdaad mee. Oh, het viel reuze mee! Het was meer het idee geweest dat een prik binnenin je lichaam heel anders kon voelen dan eentje in je arm. Wat een opluchting. En dat waren ze, meer prikken kreeg ze niet.

De baarmoedermond zou straks een heel klein eindje open worden getrokken en er zou iets ingaan. Hannah keek naar het lange dunne buisje dat de arts in haar naar binnen zou schuiven. Door het buisje zou later het slangetje gaan. Het zag er niet eens eng uit, terwijl het een groot verschil zou betekenen.

Kasja keek niet, maar Hannah kon zich makkelijker aan een situatie overgeven als ze er meer van wist. Hoe vervelend het ook kon zijn, dat gaf haar zekerheid. Dat was altijd zo geweest.

Ze greep opnieuw Kasja's hand stevig vast. Maar toen de arts aankondigde dat ze het buisje 'nú door de baarmoedermond zou schuiven', wist ze niet wie er van de zenuwen harder kneep, Kasja of zijzelf.

Hannah had er nooit bij stilgestaan dat de medische apparaten lawaai zouden maken. Een steriele omgeving associeerde ze met stilte. Dat was niet zo. Het kreeg bijna iets alledaags. Daarom werd er zeker gesproken van 'de stofzuiger erop zetten'. Ze werd schoon gezogen van binnen. Was het al begonnen? Wonderlijk. Een moment was Hannah nog in de veronderstelling dat ze niets zou voelen. Het was te mooi om waar te zijn.

'Nu gaat het even zeer doen.' Zachtjes, bijna toonloos sprak dokter Terhul de woorden uit.

In een flits moest Hannah aan Jesse denken. Hoe hij naar haar glimlachte, haar had gestreeld en van niets wist. Jesse, o Jesse, hou me vast, riep ze geluidloos, kom alsjeblieft. Even leek alle spanning teveel. Het was net of de huid onder haar haren kromp, haar ogen prikten. Hannah knipperde en snoof.

Toen voelde ze de pijn...

De seconden waarin iets was ontstaan waren ergens in alle stilte vergleden. Maar deze minuten, de minuten die er een eind aan maakten, die zouden voor altijd een deel van

Hannah blijven. Nu kan ik niet meer terug, dacht ze. Ik had kunnen stoppen. Tot het allerlaatste moment had ik iets anders mogen kiezen. Als ik dat had gewild. Sorry, ik kan niet anders, dacht Hannah beschamend, ik wíl niet anders.

'Ontspannen. Probeer het maar rustig.'

Ze moest ontspannen, had de dokter gezegd. Hannah probeerde het zoveel mogelijk, maar wat was dat moeilijk. Haar schouders had ze alweer omhoog en krom getrokken, die moesten losjes aanvoelen. Haar armen en haar benen stonden op scherp.

Kom op, Hannah, zei ze in zichzelf, blijf kalm. Er was immers maar één plaats in haar hele lichaam waar het gemeen zeer deed, in het overgrote deel was er niets aan de hand. Het hielp altijd als ze zo dacht bij de tandarts: 'Ik weet dat boren pijn doet, maar in de rest van m'n lijf voel ik dat niet.' Het was als een mantra die ze in gedachten dan telkens herhaalde, die de pijn verminderde. Rustig zijn en je concentreren op die woorden. Nu wilde het niet echt lukken.

'Het komt helemaal goed,' zei Kasja bibberig. Ze zag er bleek en gespannen uit en streelde onafgebroken over Hannah's linkerschouder. 'Straks is alles voorbij.'

De verpleegster praatte over het weer en maakte huis-tuin-en-keukenopmerkingen, die de moed erin moesten houden. Kasja kreeg nauwelijks een woord over haar lippen en Hannah gaf eenlettergrepige antwoorden. Het lukte Hannah niet om zich te ontspannen, normaal te ademen en tegelijk haar aandacht bij het gesprek te houden. Toch hielp dat gepraat om de seconden weg te vegen.

'Het valt wel mee,' zei ze schor tegen Kasja.

Het voelde prettiger wanneer ze gewoon zelf iets kon zeggen, merkte Hannah. Haar hart ging zo tekeer, dat moest ze overstemmen met woorden. Dat gaf houvast. Het was alsof je de tijd weg kon praten. Minuten leken vloeibaar geworden en ongrijpbaar. De rauwe heftige pijn was er steeds. Zo hardnekkig aanhoudend en onveranderlijk. Dat voelde zo overgeleverd, zo alles omvattend.

Hannah's neus zat verstopt en tranen gleden geluidloos in haar haren. Ze moest haar eigen stem horen. Dan bleef ze zichzelf en niet een willoos dobberend omhulsel. Dan loste de eindeloosheid op en kwamen er grenzen. De kilte in de kamer verdween. Wat konden minuten eindeloos duren.

'Het voelt als zo'n sterke zeurderige pijn. Wat je kunt hebben als je ongesteld bent,' kreunde Hannah met een vreemde stem. 'Maar dan wat erger. Maar die andere duurt langer, hè.'

Haar kaken waren stijf en haar stem klopte niet. Ze wilde praten, maar haar lippen bewogen niet mee zoals anders en haar keel was kurkdroog.

'Zo voelt het ongeveer.'

Kasja knikte met een onzekere blik in haar ogen. Ze veegde voorzichtig Hannah's tranen weg, die bleven stil stromen.

'Tenminste als het hierbij blijft. Ik ben er nog niet.'

Het bleef erbij... Tot Hannah's grote opluchting. Want juist toen ze dacht: o, nee, ik hou het niet meer, het is echt teveel, zo groot is een baarmoeder niet, nu is die toch wel leeg, was het voorbij. Er zat niks meer, ook geen buisje.

Alleen Hannah lag er nog...

23

Vanuit haar bed in de rustkamer lag Hannah door haar tranen heen naar buiten te kijken. Kasja zat naast haar te trillen met twee handen om een beker thee. In de tuin, in een beschut hoekje, hing een half opgegeten vetbol aan een boomtak. Een koolmeesje vloog eropaf en begon gulzig te pikken. Ergens aan een uitstekende lat drupten ijspegels. De zon scheen op het besneeuwde grind. Als je zou doorlopen, zou je bij het kanaal eindigen.

Sommigen zullen dit uitzicht nooit hebben, dacht Hannah, sommigen zullen altijd een andere beslissing nemen. Ze had zich geschaamd dat ze in de situatie was beland waarin ze deze beslissing moest nemen, maar ze schaamde zich niet over de keuze zelf. Dat had ze de hele tijd geweten.

Hannah kreeg plotseling heel sterk het gevoel dat ze niets was kwijtgeraakt, maar dat ze alle mogelijkheden die het leven haar zou bieden had teruggekregen. Die kans was er geweest. Er was een nieuw begin.

Alsof de tijd een stapje terug had gedaan, zodat Hannah zichzelf weer kon vinden. Haar eigen lichaam weer kon accepteren. Ze zou het nooit vergeten, dat wist Hannah maar al te goed. Maar ze dacht dat ze er ook nooit echt verdrietig van zou worden. Ze had voor zichzelf kunnen kiezen! Durven kiezen. Mogen kiezen!

Kilo's lichter voelde ze zich! Onwerkelijk bijna. Dat zorgen en verdriet zoveel konden wegen. Nu merkte ze nog meer hoe lood- en loodzwaar de dagen hiervoor waren geweest. Ze sloot haar ogen en beloofde zichzelf plechtig dat ze nóóit, nóóit, nóóóóóit weer in dezelfde fout zou vervallen. Hannah veegde haar tranen weg.

Alles was voorbij, en als ze deze ochtend vergeleek met de rampzalige bange dagen die eraan vooraf waren gegaan was het meegevallen. Het rare trekkerige gevoel dat ze nu nog onder in haar buik ervaarde was te verdragen. Het was bij lange na niet de pijn die ze tijdens de behandeling had ondergaan, die was inderdaad snel overgegaan.

Bovendien was Hannah in een allesoverheersende 'ik-ben-ervan-af-stemming'. Ik ben er echt helemaal van af, dacht ze. Alles, alles is voorbij! Ze kon janken van opluchting. Ze was zo enorm opgelucht, dat het aan een zaligmakend geluksgevoel grensde. Zou dat normaal zijn?

'Hoe is het met jou?' Een hand raakte haar arm. Verpleegkundige Lia stond naast haar bed. 'Gaat het een beetje?'

'Prima, ja, prima,' antwoordde Hannah naar waarheid en ze kreeg er een kleur van. Misschien hoorde je toch een zekere treurigheid aan de dag te leggen. Maar Lia glimlachte.

'Goed zo. Niet teveel pijn? Anders kan ik je iets geven.'

'Nee, dat gaat wel.'

'Kan ik verder wat voor jullie doen? Nog een kopje thee misschien of fris?'

'Nee, dank je.' Hannah schudde haar hoofd, evenals Kasja. 'Ik wil graag zo snel mogelijk naar huis.'

'Het duurt niet lang meer. De dokter komt met een halfuurtje langs voor een praatje en ze kijkt hoe het met je gaat. Als alles in orde is, kun je gaan. Ik kom straks terug om de datum voor de nacontrole met je af te spreken.' Lia knikte vriendelijk en sloot de deur geruisloos.

Ze waren alleen in de rustkamer, beiden in gedachten. Tenslotte hees Hannah zich een eindje overeind en vouwde haar kussen dubbel.

'Zal ik je even helpen?' bood Kasja aan. 'Misschien is het beter om stil te blijven liggen.'

'Het gaat best, hoor.' Hannah pakte Kasja's hand. 'Ik vond het super dat je bij me was. Dankjewel, voor alles.'

'Dat spreekt toch vanzelf.' Het klonk een beetje mat.

'Ben je eh geschrokken?' vroeg Hannah voorzichtig. Eigenlijk had ze Kasja min of meer onvrijwillig bij haar problemen betrokken. 'Sorry. Vond je het heel erg?'

'Het eh, het gaat je niet in de koude kleren zitten, zoals ze dat zeggen. Ik voelde me...' Kasja keek naar Hannah en haalde haar schouders op. 'Ach, het is niet belangrijk. Het gaat om jou.'

'Nee, alsjeblieft, toe. Zeg het. Je hebt me altijd gesteund. Door dik en dun.'

'Ik voelde me zo hulpeloos,' zei Kasja zacht. 'Ik zit daar naast je, maar ik kan niets doen. Zelfs niet een beetje pijn overnemen. Ondertussen verga ik van de zenuwen en vind ik het zo erg voor je.'

'Ik ben nu zo opgelucht. Je hebt me super geholpen. Je weet niet half hoeveel.' Ze glimlachten naar elkaar. 'Echt! Daar ga ik je straks stevig voor zoenen, als ik naast m'n bed sta. Ik houd er pas mee op als je me gelooft.'

Kasja trok een grimas. 'Dat is nog eens een dreiging.'

'Gek, hè,' zei ze even later, 'komen we dat schilderij weer tegen.' Er leek een schaduw over haar gezicht te glijden.

'Wat is er? Je kijkt zo bezorgd.' Hannah aaide over haar hand.

'Door dat gedichtje moest ik aan Michail denken. In het begin toen we hem kenden, heeft hij me zijn geschiedenis verteld, weet je nog?'

'Ja, met Sanne en mij heb je later over zijn leven gepraat. Zijn vlucht, het AZC en hoe ingewikkeld het is om hier te mogen blijven. Niet leuk om dat allemaal mee te maken. Gelukkig lijkt het niet zo verkeerd te gaan als we vreesden.'

'Nee, waarschijnlijk niet. Maar het is vaak moeilijk om te zien wat er allemáál is.' Kasja's blik bleef rusten op het glas naast Hannah's bed. 'Net als water. Je kijkt ernaar, het is zelfs helder en toch zie je niet waaruit het water bestaat.'

'Wat heeft water met Michail te maken?' vroeg Hannah verbaasd. Het was een welkome afleiding om aan iets anders te denken, maar Kasja's gedachtensprong kon ze niet zo snel volgen.

'Nou, op de dag dat ik Michail tegenkwam zag ik hém, daarna kom ik erachter wat er allemaal gebeurt in zijn leven. Alle gebeurtenissen hebben weer gevolgen en alles hangt met elkaar samen. Het wordt steeds ingewikkelder.'

'Ja-a,' zei Hannah langzaam, ze begreep het nog steeds niet.

'Je kijkt vooral naar het doel, dat Michail hier mag blijven. De stress en onzekerheid probeer je te begrijpen, te accepteren.' Kasja zweeg en beet op haar lip.

Eigenlijk zou ze Hannah hiermee nu niet lastig moeten vallen en toch hadden juist Hannah's problemen haar de laatste dagen veel overpeinzingen bezorgd. *Wat als het haarzelf was overkomen? Wat zou Michail hebben gezegd? Wat zou het voor hun relatie betekenen? Samen een kind, dat was nogal heftig. Voor een kind moet je er helemaal zijn, niet alleen wanneer het jou uitkomt. Samen, jaren van je leven. Wou ze dat eigenlijk nog steeds met*

Michail? Kasja was geschrokken van haar eigen gedachten. Alsof er iets van eenzaamheid naar binnen was geslopen dat voor afstand zorgde. Opeens keek ze naar haar leven zonder allerlei romantische fantasietjes. Waarom gebeurde dat? Kasja praatte aarzelend verder. 'De kleine dingen die ook met die moeilijkheden te maken hebben, zie je niet altijd. Of niet duidelijk. Terwijl je later, als je meer weet en beter kijkt, denkt van 'logisch dat het zus of zo is gegaan'.'

Hannah knikte. 'Achteraf kun je meestal een hoop verklaren.'

'Ja, en misschien kan dat ook eerder, op het moment zelf. Wanneer je iets op een heel andere manier zou ervaren, anders zou kunnen voelen en kijken dan tot nu toe,' suggereerde Kasja blozend. 'Zou je dan nog op dezelfde wijze reageren? *Een woord dat openbreekt en toont,* stond er op het schilderij, dan is er al meer.'

'Ja, goh! In het bekende zit toch nog iets verborgen, dat merk je opeens. Hm, het onzichtbare zien of voelen. Klinkt poëtisch,' vond Hannah. 'Misschien is het gewoon overal, dat 'meer'. Als een soort energie, cool. De een kan het misschien merken, een ander niet.'

'Zou ze dat bedoelen met het gedicht?'

'Misschien. Waarom niet? Er kan zoveel meer zijn terwijl we dat ontkennen omdat we het niet kunnen aantonen,' antwoordde Hannah.

'Ja, vroeger dachten ze dat de aarde plat was. Daarover kunnen we ons een bult lachen, maar wie lacht er later over onze beperkte ideeën?!'

'Dan vinden ze het een geweldige mop dat wij dachten dat telepathie niet bestond.'

'Denk je dat zoiets kan? Dat je echt iets kunt opvangen?'

'Best mogelijk.' Hannah keek naar Kasja, die er nog steeds

vreselijk serieus bij zat. 'Als je openstaat voor allerlei dingen, heb je ook al veel meer in de gaten dan iemand met een bord voor z'n kop.'

'Dan zou je dus kunnen aanvoelen dat, ook al lijkt het daar helemaal nog niet op, dat eh... iets niet goed afloopt? Of omgekeerd natuurlijk,' vulde Kasja haastig aan.

'Zoals?' vroeg Hannah. Ze wachtte echter niet op het antwoord. 'Met iets aanvoelen blijven er heus genoeg mogelijkheden bestaan. Of denk je dat iets vastligt? Trouwens, wat is goed en wat is slecht aflopen?'

'Ik word doodmoe als ik daarover nadenk,' zei Kasja. 'We vinden voor iets een woord, hè. We geven alles een naam. Soms kun je het vastpakken en zie je het direct, zoals een vork, maar soms is het niet te vatten.'

'Ja, precies, zoals... liefde. Wat is liefde?' Hannah was verbaasd over zichzelf. Waarom had ze juist dat voorbeeld genoemd?

'Liefde?' fluisterde Kasja. 'Misschien wil ik helemaal niet zien hoe iets zal aflopen.'

'Sorry, eh wat? Wat zei je?' stotterde Hannah, nog half in gedachten.

'Soms twijfel ik aan dingen,' zei Kasja zacht. Ze zuchtte diep en ging rechtop zitten. 'Ach, laat maar, ik zit hier stom te kletsen. Het gaat nu om jou. Ik kom er wel uit.'

'Alle goede dingen komen langzaam, zegt mijn moeder altijd. Maar daarom kun je best eens twijfelen. Dat is normaal.'

'Ja, dat begrijp ik.'

Kasja wilde eigenlijk nog wat zeggen, maar het moment was weg. De deur ging open en Lia kwam binnen met een grote agenda. Hannah voelde opeens weer haar buik. Kasja keek uit het raam. Iets was veranderd.

24

Na alle hoogspanning en vermoeidheid had Hannah veel geslapen en voelde ze zich inmiddels een stuk uitgeruster. De vreemde leegte die haar soms kon overvallen liet zich zonder afleiding wat moeilijker afschudden. Vandaag had ze van zichzelf uitgebreid moeten douchen, haar haren gewassen en geföhnd en leuke kleren aangetrokken. Ze was achter haar pc gekropen, maar alle favorieten waren *offline*.

Hannah zocht een tijdje naar nieuwe muziek op het internet, maar ze was niet in de juiste stemming. Uiteindelijk pakte ze de telefoon en viel op haar bed neer. Gisterochtend had ze al met Sanne gebeld, maar ze kon best nog eens informeren hoe het ging. Sanne was 'vet kapot' geweest van de griep, maar nu voelde ze zich puik. Ze kletste weer als vanouds en van al die gezelligheid werd Hannah jubelig. Ten slotte werd hun gesprek onderbroken, er klonken stemmen op de achtergrond.

'Wie hoor ik daar binnenkomen?' vroeg Hannah. 'Krijg je hoog bezoek?'

'Nee, mijn broertje en... ah, ja, daar komt Jonas aan,' grinnikte Sanne en Hannah glimlachte onwillekeurig. Ze kon zich precies voorstellen hoe Sanne zou kijken. Er kwam altijd iets liefs in haar ogen. 'O, Hannah, je krijgt de groeten van Jonas.'

'Dankjewel, dan stoor ik jou en je prins niet langer. Doe de groeten terug. Ga ik even bij Kasja kijken.'

'Ik weet niet of ze thuis zijn,' zei Sanne plotseling ernstig.

'Misschien zijn ze in het ziekenhuis.'

'Ziekenhuis?' vroeg Hannah verbaasd. 'Op zaterdag?'

'Heb je het nog niet gehoord van Jesse?'

'Wat gehoord?'

Na Jesses onverwachts bezoekje met de schaatsen hadden ze elkaar slechts kort op school gesproken en daarna was ze 'officieel' ziek geworden. Na het bezoek bij Stimezo was Hannah doodop in bed gekropen en verlangde naar stilte, ze had haar mobiel uitgezet. Met vertraging had ze de berichten gecontroleerd. Gistermiddag had ze het laatste sms'je van Jesse ontvangen en beantwoord. Hij leek even vrolijk als altijd.

'Jesse heeft een ongeluk gehad,' vertelde Sanne. Hij is naar het ziekenhuis gebracht.'

'Een ongeluk? Jesse?' riep Hannah geschrokken, en schoot overeind. Ze werd steenkoud. Wat was er gebeurd? Haar hart begon akelig te bonken.

'Ja, hij is met de,' begon Sanne.

'Waar?' schreeuwde ze. 'In welk ziekenhuis?'

'Hij is...'

'Waar?'

'In het MCG. Hij is gisteravond nog geope...'

Met trillende vingers drukte Hannah de telefoon uit en was al op weg naar beneden. Shit, ze moest deze dagen natuurlijk iets bij zich hebben als ze naar het toilet moest. Het bloedde wat, dat zou een aantal dagen duren. Dat was normaal. Ze rende weer terug om haar tas te pakken. Op de trap propte ze er de nodige kleurige pakjes in. Met één beweging trok ze haar jas van de kapstok. Ze moest direct naar het ziekenhuis.

Jeminee, had zij liggen janken en slapen van alle spanning en opluchting, terwijl Jesse in de kreukels lag. Ze had hem beter kunnen bellen in plaats van verbaasd te merken dat bij haar thuis alles bij het oude was gebleven. Niemand die iets in de gaten had. Haar moeder was lief bezorgd, verwende haar, omdat ze 'ziek van school was gekomen' en zo bleekjes zag.

'Je ogen staan gelukkig al wat beter dan de laatste dagen,' had haar moeder met een zekere opluchting gezegd. 'Je maakte zo'n gestreste indruk, lieverd. Gun jezelf nu maar de tijd om bij te komen.'

Hannah voelde zich bijna schuldig omdat ze haar geheim niet had gedeeld. Haar vader bracht thee en kwam 's avonds een praatje maken. Daar had ze weer om moeten janken. Iedereen was zo vriendelijk en zorgzaam.

Hannah rende naar de schuur om haar fiets te pakken. Droge snikken ontsnapten uit haar keel. Jesse een ongeluk! Dat was haar straf! Hannah kon de gedachte niet onderdrukken. Ze had zich voorgenomen om hem even niet te zien, zodat ze zich kon voorbereiden op de dingen die ze wilde zeggen. Maar alle verstandige dingen die ze had bedacht leken in een klap onderuitgehaald: voor de storm binnenin, die alles op z'n kop zette, had ze geen woorden. Hannah werd door paniek overvallen. Straks was ze te laat, zag ze hem nooit weer. Helemaal buiten adem kwam ze aan bij de balie in de wachthal om naar het kamernummer te informeren.

'Goedemorgen, dame. Jij ziet er helemaal niet uit alsof je hard hebt gefietst,' zei de man van de receptie gemoedelijk en tikte veel te traag op het toetsenbord. 'Het bezoekuur moet nog beginnen, hoor. Je hebt alle tijd.'

Maar Hannah brandde van ongeduld en kon het nauwelijks opbrengen om naar zijn behulpzame uitleg te luisteren. Die trappen, liften en gangen interesseerden haar geen zier. Ouwe zeur, dacht ze ongedurig. Noem gewoon de afdeling, etage, kamernummer, klaar. Ik vind het wel, ik ben niet achterlijk. Uitgerekend nu stapten op elke verdieping mensen in de lift en Hannah wenste dat ze de trap had gekozen. Eindelijk bereikte ze de etage waar Jesse lag. Ze sloeg de lange gang in. Met grote passen liep ze door, zijn kamer lag natuurlijk vrijwel aan het eind. De deur stond open, zodat Hannah een oude man zonder gebit zag liggen, in een diepe rochelende slaap. Z'n ingevallen mond stond een eindje open. Een infuus in z'n hand. O god, hier lagen de ernstige gevallen. Hannah stormde verwilderd naar binnen. Het bed bij het raam stond half omhoog en daarin zat Jesse. Rechtop, met twee kussens in zijn rug en een been opgetrokken. Hij keek verrast op van de telefoon waarin hij juist een nummer toetste.

'Hé, Hannah!'

'Wat is er gebeurd?'

'Een uitglijer,' zei Jesse met een brede grijns. 'Helaas.'

Eén van de blote benen onder de zwarte sportbroek had een gipsen voet. Had hij z'n enkel gebroken? Een molensteen viel in gruzelementen. De opluchting was zo enorm groot dat het Hannah zelf verbaasde. Ze kon de schokkerige snikken met geen mogelijkheid meer tegenhouden. De tranen sprongen in haar ogen.

'O, Jesse, ik schrok me lam.' Ze zat al bij hem, op het randje van het bed. Haar armen om zijn gezonde been. 'Sanne vertelde net van je ongeluk.'

'Ja, ik maakte gisteren een enorme zwieper op deze winterse wereld. Ik was je net aan het bellen. Wat toevallig.'

Hannah zag zijn stralende ogen. De omgeving bestond niet meer, alleen Jesse bleef over. Het was een scherp moment, waar ze niet onderuit kon. Zo'n moment vol met waarheid die ze niet eerder had willen voelen. Het drong tot haar door hoe ongelooflijk bang het idee haar had gemaakt dat ze hem misschien nooit meer had kunnen zien. Dat was als een aardbeving. Het deed gewoon zo'n pijn.

In een keer leek Hannah's hoofd barstensvol te zitten. Kon ze niets meer denken. Haar ogen prikten verschrikkelijk. Ze deed haar uiterste best niet in huilen uit te barsten. Wat moest hij wel niet denken?

'Hannah, alweer tranen. Wat is dat toch?' Jesse keek haar opmerkzaam aan. Er was iets, maar hij begreep niet helemaal wat dat zou kunnen zijn. Hij legde zijn hand op haar arm en een tegen haar wang. 'Alles is goed, hoor. Wat is er?'

Hannah haalde diep adem. Ze moest iets zeggen. Hij zat zo te kijken. Dit was belachelijk. Maar haar hart bonsde zo vreselijk. Ze leek echt niet wijs. Jesse zat hier toch gewoon. Alles was in orde. Bij hem wel. Ze moest iets zeggen, hoe onnozel ook.

'Ik dacht dat je halfdood was.' Hannah voelde hoe stijf haar kaken bewogen. Zou dat te horen zijn? Ze veegde over haar ogen en haalde haar neus op. 'Sorry, beetje hard gefietst. Veel tegenwind.'

Dat sloeg ook nergens op. Het was bladstil buiten. Jesse keek al wat vreemd.

'Plaatselijke storm zeker.'

'Wat is er gebeurd?' vroeg Hannah maar weer.

'Ik ben gisteren uitgegleden op een glad stuk weg. Met de fiets. Ik had niets in de gaten. Wacht even.'

Er glinsterden nog steeds tranen in Hannah's ogen. Jesse veegde ze met heel wat meer vertedering en zorg weg, dan ze zelf had gedaan.

'Je weet hoe het gaat, je rijdt uit school met iemand mee en bent aan het kletsen. Zo fietste ik en het volgende moment lag ik op m'n smoel. Eigenlijk ging het supersnel, zodat ik het zelf amper weet. Ik dacht dat het nog meeviel, maar m'n voet was helemaal naar buiten gedraaid. Het was een raar gezicht.' Ze keken allebei naar het gips en Hannah zuchtte diep.

'Akelig.'

'Hoe gek het ook klinkt, maar de meeste indruk maakten de mensen op mij,' zei Jesse. Er klonk nog steeds verbazing in zijn stem. 'Van alle kanten werd ik geholpen, zie je. Ze brachten dekens en kussens. Belden de ambulance. Iedereen was zo vriendelijk. Iemand leverde zelfs mijn fiets bij huis af.'

'Goh, wat een meegevoel van vreemden. Geweldig,' zei Hannah bewonderend. Ze voelde zich nu veel rustiger.

'Ja, dat dacht ik ook. Had ik nooit verwacht. In het ziekenhuis hebben ze mijn voet gelijk rechtgezet. Omdat er zenuwbanen bekneld raakten, volgens de dokter, en dat was niet goed. Tsjakka, in een keer zo'n draai.'

'O, jakkes,' griezelde Hannah, 'deed dat niet vreselijk zeer?'

'De artsen waarschuwden me daarvoor. Ik had al verwacht dat ik tegen het plafond zou gaan.' Jesse grinnikte. 'Maar het viel ontzettend mee. Na de röntgen was het even afzien. Geen pijnstillers, geen eten en drinken en de operatiekamers waren bezet. Ik moest een tijd wachten voordat ze met mijn voet aan de slag konden. Ze hebben me gisteravond geopereerd en de boel met schroeven vastgezet.'

'Onder narcose?'

Jesse schudde zijn hoofd. 'Ik kreeg een ruggenprik.'

'O, gadver,' zei Hannah, 'wat klinkt dat eng.'

'Ze verdoven de plaats eerst. Van die ruggenprik merkte ik niet veel. Bovendien wist ik het niet uren van tevoren. Ik zat dus niet in de zenuwen. Dat scheelt. Je benen worden heel snel gevoelloos na de prik. Een maffe gewaarwording, trouwens. Je kunt er niets meer mee doen.'

'Voelde je helemaal niks meer?' verbaasde Hannah zich.

'De hele tijd verneem je dat ze bezig zijn in je voet, bij je enkel. Die lui hoor je boren en praten, maar je voelt geen pijn. Het was een rare breuk, vandaar die schroeven. Eerst lukte het niet. Dat krijg je allemaal mee. Je ligt daar maar en wordt er zo duf van. Ik ben op het laatst in slaap gevallen. En nu lig ik hier en ben jij er,' besloot Jesse, en trok aan haar rits. 'Doe je jas eens uit. Het is hier hartstikke warm.'

Dat deed ze. De oude man liet een stevige wind en rochelde diep. Hannah trok een vies gezicht.

'Is dat een gewoonte?'

'Die heeft gisteren uitgebreid zijn negentigste verjaardag gevierd. Dergelijke informatie kun je hier niet ontlopen. Hij is vandaag helemaal 'in coma'. Maft alleen maar.'

'Heb je veel pijn?' Ze raakte voorzichtig het andere been aan.

'Nee, niet meer. Ik heb paracetamol gekregen. Kan ik helemaal high van worden.' Jesse grinnikte en schoof een eindje op. 'Kom es wat dichter bij me zitten?'

'Kan dat? Hou je ruimte genoeg over?'

'Meer dan genoeg. Alles gaat super. We kunnen alleen niet samen dansen. Het gips is nogal zwaar. Later komt er loopgips om. Dat schijnt veel lichter te zijn. Het komt allemaal weer prima in orde, zeggen ze. Ik krijg van die toffe krukken. Kan ik iedereen mee onderuit halen.'

'Schrok je niet van al die toestanden?'

'Nu je dat zo vraagt. Heb ik eigenlijk geen tijd voor gehad.'

Jesse pakte haar hand. Er was genoeg over hem gepraat. Bovendien had Hannah erg geschrokken gekeken toen ze binnenkwam. Daar wilde hij meer van weten. Ze had er handig overheen gepraat, dat had hij best gemerkt.

'Dus je maakte je zorgen om mij, Hannaatje?'

'Ja, best wel. Ik wist niet wat er gebeurd was, hè,' zei ze luchtig, en glimlachte expres. Jesse zat haar weer zo op te nemen, alsof hij naar iets zocht, op iets wachtte. 'Ik schrok, zodat ik niet meer luisterde naar wat Sanne te zeggen had. Een ongeluk kan van alles zijn, natuurlijk.'

Hannah keek weg. Jesse voelde zich toch wat teleurgesteld door haar makkelijke houding. Kon ze niet één keer zeggen dat ze om hem gaf en daarom geschrokken was. Hoewel... Hannah was ziek geweest en ze was toch gekomen. Hij had niet eens gevraagd hoe het met háár ging.

'Sorry, dat ik niet eerder belde,' zei Jesse. 'Het duurde gisteravond vet lang. Ik wilde je zo laat niet ongerust maken. Je was een paar dagen niet op school en Kasja vertelde dat je grieperig was. Gaat het weer beter met je?' Ze knikte.

'Ik ben oké.'

'Dus Kasja heeft jou niet gebeld. Vreemd.'

'Waarschijnlijk niet omdat ik eh ziek was,' antwoordde Hannah. Ze begreep heel goed waarom. Kasja dacht natuurlijk dat ze genoeg aan haar hoofd had en wilde haar niet lastig vallen.

'Ik ben blij dat je hier bent, Hannah. Eerlijk gezegd heb ik een beetje genoeg van dat geheimzinnige gedoe met onze afspraakjes.'

Het voorval had Jesse weer aan het denken gezet en in een ziekenhuis kreeg je daar ruimschoots de tijd voor.

'Ik kon niet eens doodnormaal zeggen dat ze jou moesten bellen. Dat was balen. Vanochtend heb ik maar om een telefoon bij m'n bed gevraagd, zodat ik het je kon vertellen.'

Hannah glimlachte tevreden, zag hij, maar ze zei niets. Met haar vrije hand trok ze rechte lijntjes over het been zonder gips, dat hij over haar dijen had gelegd toen ze dichter bij hem was komen zitten. Jesse volgde de bewegingen van haar hand. Hij wilde het niet weer uitstellen.

'Het hoeft toch niet zo *sneaky* tussen ons, Hannah. We kunnen bij elkaar zijn als we daar zin in hebben en vaker leuke dingen doen. Vind je niet? Ik bedoel andere toffe dingen erbij doen,' zei Jesse met een lach. Hij streelde haar rug en gaf haar een kus.

'En we moeten ook nodig andere maatregelen treffen. Dat hadden we eigenlijk al moeten doen,' vervolgde hij zachter. 'Het is veel te link geworden. Dat weten we allebei. We mogen zoiets niet weer uitstellen. Straks gaat het mis en dan krijg je een doodschrik. Daar zitten we echt niet op te wachten. Nou, wat vind jij?'

Jesse keek Hannah afwachtend aan. Het liefst wilde hij gewoon zeggen dat hij stapelgek op haar was geworden, maar ze zweeg nog steeds. Hannah trok de hele tijd streepjes en zat er wat ongemakkelijk bij na zijn woorden. Dat maakte hem onzeker. Dacht ze soms dat hij opeens bezitterig zou worden? Ze had vaker gezegd dat ze afknapte op mensen die een emotionele claim op iemand legden.

'Ik verwacht heus niet dat je plotseling al je vrije uren met mij doorbrengt, hoor,' voegde Jesse er snel aan toe. 'Wat we hebben vind ik helemaal te gek. Dat weet je wel.'

Hij kon er in dit ziekenhuisbed beter niet teveel aan denken. Hoewel hij haar toch nog een paar zoenen móést geven. Sommige heftige herinneringen konden alle andere gedachten in een oogwenk overrulen.

Hannah droeg vandaag dezelfde kleren als die ene zaterdagavond waarop ze samen uit waren geweest. Ze vond het zó gezellig om 'officieel' uit te gaan. Hoe gezellig had hij plotseling op de terugweg ondervonden. Ze zat bij hem achterop vanwege een lekke band. Althans dat had ze beweerd toen hij haar ophaalde.

Ik moet je wat bekennen, had ze gezegd, die band was 'schijnlek'. Gemeen van mij, hè? Je bent een doortrapt lui wezen, was zijn antwoord. Ja, da's waar, grinnikte ze vrolijk. Vooral doortrapt. Let maar op. Ik ga je laten zien wat je allemaal ongezien op een fiets kunt doen als je jas lang genoeg is. Ze had de knoop en rits van zijn broek los gemaakt. Fiets jij maar een blokje om, fluisterde Hannah, ik weet de weg. En niet zo slingeren. Ze had de grootste lol. Sindsdien kon hij niet meer zonder opwindende bijgedachten over dat fietspad rijden en bij nummer 107 hoorde hij altijd Hannah's stem: 'Oeps, beetje veel m'n best gedaan. Heb je toevallig een zakdoek bij je?' Díé relatie met Hannah had zijn verwachting verre overtroffen.

'Je gelooft me toch?'

'Ja, natuurlijk, dat vind ik ook, maar...'

Hannah aarzelde. Hij wilde meer. Jesse wilde niet gewoon wat extra gezelligheid, maar dat ze echt met elkaar gingen. Dat begreep ze óók, en dat leek ingewikkelder. Tot nu kon er niemand officieel worden gedumpt. Als ze geen sms'jes meer zouden sturen zou hun spannende 'relatie' stilzwijgend veranderen, had ze altijd gedacht.

Veranderen zou niet hetzelfde betekenen als afgelopen zijn: Jesse bleef gewoon de broer van Kasja en zij bleef Hannah, haar vriendin. Hun kringetje bleef compleet. Niemand zou partij moeten kiezen. Niemand flipte als het ooit anders zou lopen. Want dat gebeurde altijd, al haar verkeringen waren binnen een paar maanden op niets uitgelopen. Waarom zou ze dat riskeren met Jesse?

Hannah voelde zich zo kwetsbaar, helemaal na de doodsangsten die ze net om hem had uitgestaan.

25

Jesse keek haar aan. Hannah zag er serieus uit, maar zei niets meer. Wat had ze nou? Misschien was het beter om het wat romantischer te brengen. Om het wél te zeggen.

'Jij bent ook geweldig, Hannah, niet alleen onze afspraken. Daarom... volgens mij... We hebben het zo tof samen. Het is een tijdje geleden dat we een hele dag bij elkaar waren. Dat was super! We konden van alles doen. Er is altijd haast en... Wat is er nou? Hannah?'

Jesse kreeg het onaangename gevoel dat hij een tevergeefs pleidooi zat te houden. Wilde ze niet langer? Was het afgelopen tussen hen? Hannah had eigenlijk weinig gezegd zolang ze bij hem zat, besefte Jesse. Hij was vooral zélf aan het woord geweest. Ze had een paar vraagjes gesteld en naar hem geluisterd. Hannah had hem zelfs geen zoen teruggegeven!

Hij wist zeker dat zoiets nooit eerder was voorgekomen als ze samen waren. Hij werd er zenuwachtig van en die onzekerheid zorgde voor enige boosheid. Ik ga hier echt geen verdere liefdesverklaringen afsteken, als ze mij zo meteen gaat dumpen, dacht hij wat nijdig. Zijn keel kneep samen.

'Waarom zeg je niets?'

'Ik moet je iets vertellen, Jesse.' Hannah's stem klonk heel zacht. Er kwamen geen nieuwe lijntjes meer bij. 'Ook al is het waarschijnlijk niet leuk om te horen. Je mag me niet onderbreken. Ik ga het eerst allemaal zeggen, want ik vind het al lastig genoeg.'

Hannah had een kleur gekregen en wendde haar blik volledig af. Het was opeens vreselijk moeilijk, vond ze. Het allemaal overdenken was een ding, maar het zelf hardop uitspreken was heel wat anders. Dat viel best tegen. Haar stem trilde, haar hart klopte veel te snel. Dat maakte het nog zwaarder.

'Wat?'

Stilte. Zoveel stilte, dat het gerochel nog luider klonk. Jesse werd er steeds zenuwachtiger van. 'Wat is er nou?'

'Weet je,' begon Hannah aarzelend, 'ik eh...'

Ze rilde en maakte een onzekere indruk. In haar ogen lag zo'n aangedane blik, dat Jesse met schrik besefte hoe moeilijk Hannah het moest vinden, om datgene te zeggen wat ze van plan was.

Zou dit het einde betekenen tussen hen? Jesse bedacht paniekerig dat hij haar hand los moest laten, zijn been weg moest trekken, maar hij kon het niet. De boosheid was weg. Eigenlijk wilde hij Hannah opeens veel liever stijf vasthouden. Haar smeken om het niet te zeggen. *Zeg niet dat het voorbij is...*

'Hannah?'

Onwillekeurig gleed Jesses hand naar haar rug, alsof hij Hannah dan kon vasthouden als ze weg wou lopen. Er was een gapende zwarte afgrond binnenin hem. Een bodemloze kille leegte met mokerslagen zonder een greintje stoerheid. Jesse voelde zich licht in z'n hoofd. Hij was opeens zo ontzettend bang dat ze hem zou dumpen. Zijn maag deed er pijn van. Díé krampen in zijn maag waren niets vergeleken bij de volgende.

'Ik was niet ziek. Helemaal niet. Ik was... ik was overtijd en ik dacht... Ik was zwanger en toen...'

'Z...?' De resterende letters wilden niet over zijn lippen komen. Jesse schrok zich kapot. Hannah zwanger van hem. Het was een onnavolgbare dreun. Met grote ogen staarde hij haar aan. Heel snel in staccato kwam het hele verhaal. Hannah keek strak naar haar handen, met rode wangen. Ze struikelde een paar keer over haar woorden. Hij trilde ervan en kreeg het warm en koud tegelijk.

Een kind, dacht Jesse, niet in staat zo snel in OTB's te denken. Zelden in zijn leven hadden woorden hem zo aangegrepen. Hij voelde zich helemaal knock-out geslagen. Het was zo'n schok dat Jesse z'n uiterste best moest doen om niet te verdwalen in zijn eigen gevoelens en naar Hannah te blijven luisteren: dat ze het uit pure wanhoop tegen Kasja had gezegd, dat die een test voor haar had gekocht en was meege gaan naar haar afspraak bij Stimezo. Hoe het in de kliniek was verlopen...

Jesse hoorde nog steeds de emoties in haar stem. Ze wierp schichtige blikken op hem. Hij liet haar maar praten, voelde zich zo onbeholpen. Wat zou Hannah in de rats hebben gezeten. Wat zouden die dagen lang geduurd hebben. Wat een onzekerheid. En de eenzaamheid en de pijn, waar Hannah niet veel over zei, maar die ze ongetwijfeld gevoeld moest hebben. Hij vond zich gisteren al zielig, met een gebroken enkel!

Jesse realiseerde zich plotseling dat het heel anders had kunnen lopen als ze tien jaar verder waren geweest. Dan was ze naar hem toegekomen, zou ze hem wél in vertrouwen hebben genomen. Zou ze zijn steun hebben gezocht. Dan had-ie vader kunnen worden! Jesse schrok er weer van. Het maakte hem sprakeloos, zo ver lag dat woord verwijderd van de smsafspraakjes. Maar hij vond het verschrikkelijk! Voelde zich zo schuldig. En hij had niets geweten. Ze had niets gezegd. 'Het was echt niet omdat ik bang was dat je boos zou worden. Echt niet. Ik ging ervan uit dat je er ook zo over zou denken. Net zo als ik. Het... het was allemaal gewoon teveel. Ik kon niet anders,' herhaalde Hannah nog eens. 'Ik liep al helemaal over van mezelf. De rest moest ik gewoon buitensluiten. De gedachte dat ik... dat daar iets groeide. Afschuwelijk. Ik... ik wilde het alleen maar kwijt.'

Jesse kon zich de reden voor haar keuze best voorstellen, maar toch. Hij had misschien wat kunnen helpen. Dan was ze minder alleen geweest. Dat was tenminste nog iets, dacht hij. Iets voor haar en ook voor hemzelf, iets om wat aan zijn schuldgevoel te kunnen doen, om alles een plaats te kunnen geven.

'O, Hannah, had het maar direct gezegd.' Zijn stem sloeg over. 'Dan had ik je toch geholpen, was ik bij je gebleven. Had ik nog iets kunnen doen. O, shit, wat zul je het moeilijk hebben gehad.'

Zijn armen lagen om haar heen. Ze zat heel stil tegen hem aan. Jesse had het akelige gevoel dat hij afschuwelijk tekort was geschoten.

'Het spijt me zo. Ik vind het zo erg. Het is ook mijn schuld,' zei hij stuntelig. 'O, het spijt me zo, Hannah. Nu was je alleen. Nooit meer doen.'

'Nee, nooit,' beloofde ze. 'Het was ook een vreselijk onaangename tijd. Maar die is voorbij,' zei ze snel. 'Het is gelukkig goed gekomen.'

'We mogen nooit meer onvoorzichtig zijn,' prevelde hij automatisch.

Jesse voelde zich enorm schuldig. Ook omdat hij toch opgelucht was. Opgelucht omdat ze nooit had overwogen om het níet te doen, om het kind te houden. Papa! Onvoorstelbaar, daar was hij niet aan toe. Jesse probeerde zich in te denken hoe Hannah zich gevoeld zou hebben toen ze het ontdekte. Dat lukte niet. Dit was al een zware dreun.

'Nooit meer zo... Ik had...'

Hij had wat moeten zeggen. Dan was het misschien niet gebeurd. Condooms moeten kopen. Hij had het allemaal veel te lekker gevonden. Als Hannah niets zei dan... Daarmee had hij zijn eigen verantwoordelijkheid steeds weggedrukt. Jesse bleef maar over haar wang aaien. Alsof het een bezweringsritueel was.

'Ik begrijp je wel,' zei Hannah simpel. 'Ik heb me ook schuldig gevoeld. En zó stom. Maar na die tijd. Toen het te laat was. Niet toen ik bij jou was, eerlijk gezegd.'

Ze keek hem aan met een aarzelende glimlach. 'Achteraf besef je pas echt, dat je op je klompen aan kunt voelen dat het verkeerd kan gaan. De laatste twee weken heb ik dat vaak genoeg gedacht. Maar toen het moest, wilde ik er niet aan denken.'

Hannah zuchtte diep.

'De noodzaak van voorbehoedsmiddelen maken ze je bij Stimezo goed duidelijk. Ik heb nu de pil. Na deze hele toestand vond ik de kans op een gescheurd condoom zelfs te groot.'

Er viel een stilte. Jesse drukte haar zwijgend tegen zich aan, maar liet haar bijna gelijk weer geschrokken los.

'O, sorry. Doe ik je geen pijn?'

'Nee, helemaal niet.'

'Daarom moest je huilen toen ik je schaatsen bracht.' Hij wist het opeens. 'Ik begreep er al niets van. Zoveel emotie om een kaartje...'

'Ik was heel blij dat je langs kwam. Je was zo lief voor mij, dat had ik nodig.'

'Lief! Nou ja, zeg, bij al die ellende die jij hebt moeten mee-

maken...' Jesse vond zijn bijdrage maar erg mager en zuchtte.
'Oké, beetje lief, jij je zin. Niet zeuren.' Ze lachte zenuwachtig.
'Maar waarom...?' Jesse zweeg. Het leek opeens nodig om het
te weten, maar dat was onzin. Waarom moest-ie daar nu aan
denken? Het was niet belangrijk.
'Ja? Zeg het maar.'
'Waarom wóú je dan? Ik bedoel, toen ik langskwam met
je tas toen wist je het. Als je me een stevige dreun had
verkocht, had ik me dat nu beter kunnen voorstellen.'
Hannah was zo'n beetje bovenop hem gesprongen. Dat
had hij helemaal niet verkeerd gevonden, maar gezien de
omstandigheden...
Ze keek hem wat verlegen aan. 'Ik hoopte dat het daardoor mis zou gaan. Ik dacht... Nou ja, als we wild doen, is
dat vast niet goed, dacht ik. Het was meer een... een...'
Hannah zag een grijns, heel even maar. Alsof Jesse zich er
zelf op betrapte en besefte dat dit waarschijnlijk geen moment was om met humoristische opmerkingen te strooi-
en. Toch was hun gevoel voor humor iets wat zich overal
doorheen vlocht en waardoor het altijd klikte tussen hen.
Ze wist wat hij had gedacht en knikte.
'Juist ja, een wanhoopsdaad. Hielp niet echt.' Hannah
trok een gezicht.
'Nee.' Jesse moest het laten bezinken. Al haar woorden,
zijn vragen. Zijn hoofd tolde.
'Ik vond dat je het moest weten, maar ik wil het liever
een paar dagen van me af zetten. We praten er een andere
keer weer over, oké?' drong Hannah aan en hij knikte.
'Dat ellendige gevoel is weg. Alles ligt achter mij. Ik heb
er geen spijt van, hoor. Dat is het niet, maar...' Hannah
slikte en snoof.

'Als ik er wat over moet zeggen, voel ik me nog zo bibberig.'

Ja, dát kon hij zich nu wel voorstellen. Daar had hij zelf ook last van.

'Denken is makkelijk, maar praten is heel anders. Dan voelt m'n keel zo spastisch,' zei Hannah. 'En ik heb al zoveel gejankt. Daar heb ik geen zin meer in na al die rare dagen. Soms droom ik dat het nog steeds niet over is, zie je, en dan word ik helemaal in paniek wakker.'

'De kleren die ik aan had, heb ik onder in de afvalbak gestopt. Die wil ik nooit meer aan,' bekende ze aarzelend. Nu zag Jesse een vluchtig glimlachje. 'Ik had expres hele ouwe aangetrokken. Anders is het ook zo zonde.'

Hij vond haar vreselijk dapper, dat zei hij ook.

'Sommige dingen vergeet je niet, al gooi je alles eromheen weg,' zei Hannah zacht. 'Dat is ook niet erg, dat bedoel ik er niet mee. Maar wonderlijk genoeg hielp het toch toen ik die deksel van de afvalbak dicht deed. Begrijp je?'

'Ik denk het.' Jesse knikte. Je wilde toch ergens een streep onder zetten. Afstand nemen. De rest was je zomaar niet kwijt. 'Al die associaties.'

'Er blijven genoeg.'

'Ja, dat zal wel even duren,' zei Jesse.

Het was eruit voor hij het wist en hij schrok er zelf van. Het was niet z'n bedoeling om tactloos te zijn, maar Hannah vatte het gelukkig niet verkeerd op. Ze knikte peinzend en begon weer streepjes te trekken. Hij keek ernaar. Misschien was het rustgevend om steeds dezelfde beweging te maken. Hannah zag er veel relaxter uit, maar ze zei niets meer. Het was geen stilte die bol stond van de spanning, zoals voorheen toen hij dacht dat... Nee, ze wilde hem niet dumpen. Toch?

'Ben je boos op me geweest?'

'Net zo boos als ik op mezelf was.' Dat antwoord verraste hem. Hannah moest erom glimlachen. 'Het was meer dat ik mezelf zo oerstom vond dat we er niets aan hadden gedaan. Verder kon ik niet normaal nadenken over alles.'

'En wat nu?'

Het voelde onnozel om het opnieuw te vragen. Het ging ook niet om de sms'jes. Jesse kon zich best voorstellen dat Hannah daar nu zelfs niet aan wilde denken. En al gebruikte ze de pil, zou ze vast bloednerveus worden wanneer ze opnieuw een keertje 'overtijd' zou zijn.

Misschien wilde ze nooit meer iets afspreken met hem, ook geen bios of een partijtje tennis. Zo van, even goeie vrienden, maar we doen niets meer samen. Kwam er een streep door zijn naam? Dat wilde Jesse weten. Hij moest een antwoord van haar horen. Heel simpel. Na die lawine van emoties al helemaal. Jesse wilde eigenlijk alleen het enige, goede antwoord horen. Alleen maar iets dat voor opluchting kon zorgen, zodat al het andere even vergeten kon worden.

'Wat doen wij nu, Hannah?'

Ondanks dat ze hem al jaren kende en ondanks de maanden die achter hen lagen bloosde ze. Raar genoeg was Hannah opeens zenuwachtig. Jesse wilde echt met haar, dat zag ze aan zijn ogen. Dat had ze al veel vaker gezien, maar gauw weggedrukt omdat het haar onzeker maakte. Dat speciale gevoel voor hem was zo wonderlijk, dat kende ze niet van zichzelf. Niet op die manier.

Jesse had ook verkering gehad. Hij had het ook een paar keer uitgemaakt. Maar Jesse dacht vast niet in die kronkels, die vond het waarschijnlijk doodnormaal dat sommige vlinders sneller wegvlogen dan andere. Ze haalde diep adem.

'Dan ben ik nu heel officieel jouw vriendin.'

'Yes!!!' Hij stak stoer zijn armen in de lucht.

Hannah lachte onder alle blije zoenen die Jesse haar gaf, en tegelijk voelde ze de tranen omhoog komen. Alles zou goedkomen. Ze had de enorme schrik gelezen in zijn ogen, de schaamte en vertwijfeling. De trilling in zijn stem had zijn onzekerheid verraden. Maar hij had haar niks verweten, hij had niets gemeens gezegd en haar bezorgd gestreeld, zijn armen om haar heen geslagen.

'Ik moet... wil eigenlijk nog met Kasja praten. Ze heeft je geholpen en ze is mijn zus. Anders is het zo eh... Begrijp je?'

Hannah knikte. En eerlijk gezegd voelde ze zich opgelucht dat Jesse het zelf voorstelde en als eerste met Kasja zou praten.

'Mijn liefste liefste Hannah.' Jesse vond het vandaag niet eens soft klinken en het was waar. Het was al die maanden zo geweest.

'Het is ontzettend fijn bij jou en met jou. Ik merkte dat pas later.' Hannah keek wat verlegen alsof ze het zelf een heftige bekentenis vond. Jesse kon de verleiding niet weerstaan om haar te plagen.

'Ik was al bang dat het je om mijn geweldige lijf te doen was. Dat je niet op mijn karakter viel. Jongens doen dat nooit, die vallen op de brains, maar meisjes vallen namelijk altijd op lekkere... Niet kietelen. Ik zit vast aan een boei.' Jesse gaf zich gewonnen.

'We zijn een beetje ongewoon begonnen, hè?'

'De plaaggrage vriendin van mijn zus, die mijn boeken jat. Ik heb dat boek nog steeds niet uitgelezen.'

'Niet? Dat meen je niet!' verbaasde Hannah zich. 'Het is echt spannend. Heb je nog steeds niet die mislukte poging van...'

Jesse drukte een zoen op haar mond.

'Akelig kind. Zie je, dat je het niet kunt laten. Overal heb je commentaar op.' Het was zo bevrijdend om na al die spanning grapjes te kunnen maken.

'Ik heb een visie, dat is wat anders,' zei Hannah zegevierend.

'Maar ik heb nooit een bijnaam voor je bedacht. Ha!'

'Wauw. Serieus? Het geeft te denken,' grinnikte Jesse. 'Dan ben je wel erg gek op mij geworden.'

'Ja, nou!' zuchtte Hannah. Ze voelde zich helemaal trillerig onder de zachte blik in zijn ogen. Ze had nog nooit tegen een jongen 'ik hou van jou' gezegd. Misschien zou dat binnenkort veranderden. Ze was ontzettend blij dat ze bij hem was. Dichtbij was, dat voelde ze zo duidelijk.

'Ik ben stápelgek op jou geworden.' Hannah keek hem stralend aan.

'Ja, dat is mijn tekst. Verzin jij maar wat anders, Hannaatje, maar nu even niet.'

26

Michail botste bijna tegen Kasja aan. Vol verbazing was ze pardoes blijven staan en had het gevoel dat haar mond tot op haar tenen openzakte: Jesse en Hannah in een omhelzing. Die twee hadden niet eens in de gaten dat er iemand op ziekenbezoek was gekomen. Het overrompelde haar volkomen. Michail keek al even verbijsterd. Ze deden een paar stappen terug op de gang, waar Kasja sprakeloos tegen de muur leunde. Jesse omhelsde Hannah. Jesse zoende Hannah. Jesse streelde Hannah's rug. Onder haar trui. Hij was het! Kasja's gedachten buitelden over elkaar. Het was Jesse geweest. Dat moest wel. O, mijn god, haar eigen broer en ze had het niet eens gemerkt. Ze had niks in de gaten gehad. Kasja kreeg een akelig licht gevoel in haar hoofd.

Michail gluurde ondertussen nieuwsgierig de kamer in en grinnikte.

'Cool, ze zijn het echt. Wist jij dat?' vroeg hij grijnzend.

Omdat er geen antwoord volgde richtte hij zijn aandacht weer op Kasja, die er zeer bleekjes bijstond.

'Gaat het?' Michail greep bezorgd haar arm. 'Je ziet eruit alsof je zo meteen gaat flauwvallen.'

'Nee, dat gaat wel goed. Ik moet even ergens zitten.' Haar stem trilde.

Aan het einde van de gang was een raam en een zitje met gezellige kunstbloemen. Kasja liet zich in een van de stoelen vallen.

Momenten die blijkbaar toch onwillekeurig een indruk hadden achtergelaten kwamen terug in haar gedachten: Jesse, die bij Hannah in de badkamer stond toen ze zich had gesneden. Die het erg naar zijn zin had gehad op Ameland en naast Hannah in de pizzeria. Ze had hem nooit eerder op die manier naar haar zien glimlachen. En Jesse die telkens informeerde hoe lang zij wegbleef als ze met Michail had afgesproken, op wiens kamer het naar Hannah had geroken... Opeens vonden die oude beelden hun antwoord.

Hannah die haar blik soms ontweek, die afwezig en geslotener leek. Die paniekerig keek toen ze naar haar vriendje vroeg na de zwangerschapstest... De reden lag heel ergens anders dan Kasja had gedacht.

'Het is toch niet erg,' zei Michail zacht. Hij keek naar Kasja's geschokte gezicht en pakte haar hand. 'Het is toch niet zo belangrijk dat Hannah niets tegen je heeft gezegd?'

'Sorry, ik heb helemaal niet gehoord wat je zei.'

'Jesse en Hannah samen, dat is toch niet erg. Misschien durfde ze niet te zeggen dat ze verliefd was, omdat het Jesse is.'

'Ja, misschien.'

Kasja dacht aan al het andere, wat ze niet kon zeggen. Tegen niemand, dat sprak vanzelf. Hannah besliste met wie ze haar geheim wilde delen. Zou Jesse het al weten? Zou Hannah zich laten zoenen zonder het te vertellen? Nee, vast niet. Dat kon toch niet? Na zo'n ingrijpende gebeurtenis kon je niet zomaar verder. Er was iets veranderd. Je moest samen praten, je had tijd nodig. Niet iedereen kon dat op dezelfde ongelovig zien kijken. Ze keken allebei tegelijk naar Michail voor het bevestigende knikje.

'Heus waar, we verzinnen het niet.'

'*Hot stuff*,' mompelde Kasja. Samen met Michail stapte ze in de lift. Haar ouders volgden verbouwereerd.

'Wist jij het al langer?' vroeg haar moeder.

'Nee.'

'Wat een mop,' lachte haar vader. 'Dat is wel het laatste wat ik had verwacht, jij niet, Kas?'

'Ja,' zei ze zacht.

De andere drie kletsten vrolijk verder. Kasja luisterde zwijgend, starend naar de bodem van de lift. Langzaam begonnen Michails schoenen te dobberen op het grijze vinyl. Heel stil, als wier in water.

jij groeide in mijn buik
misschien zeer tevreden
ik wilde het niet weten
ik wilde jou alleen maar kwijt
toen heeft pijn je uitgewist
weggezogen in het niets
jij ging en bleef
voor altijd in mij wonen…